新潮文庫

青ノ果テ

—花巻農芸高校地学部の夏—

伊与原新著

新潮社版

11259

青ノ果テ

花巻農芸高校地学部の夏

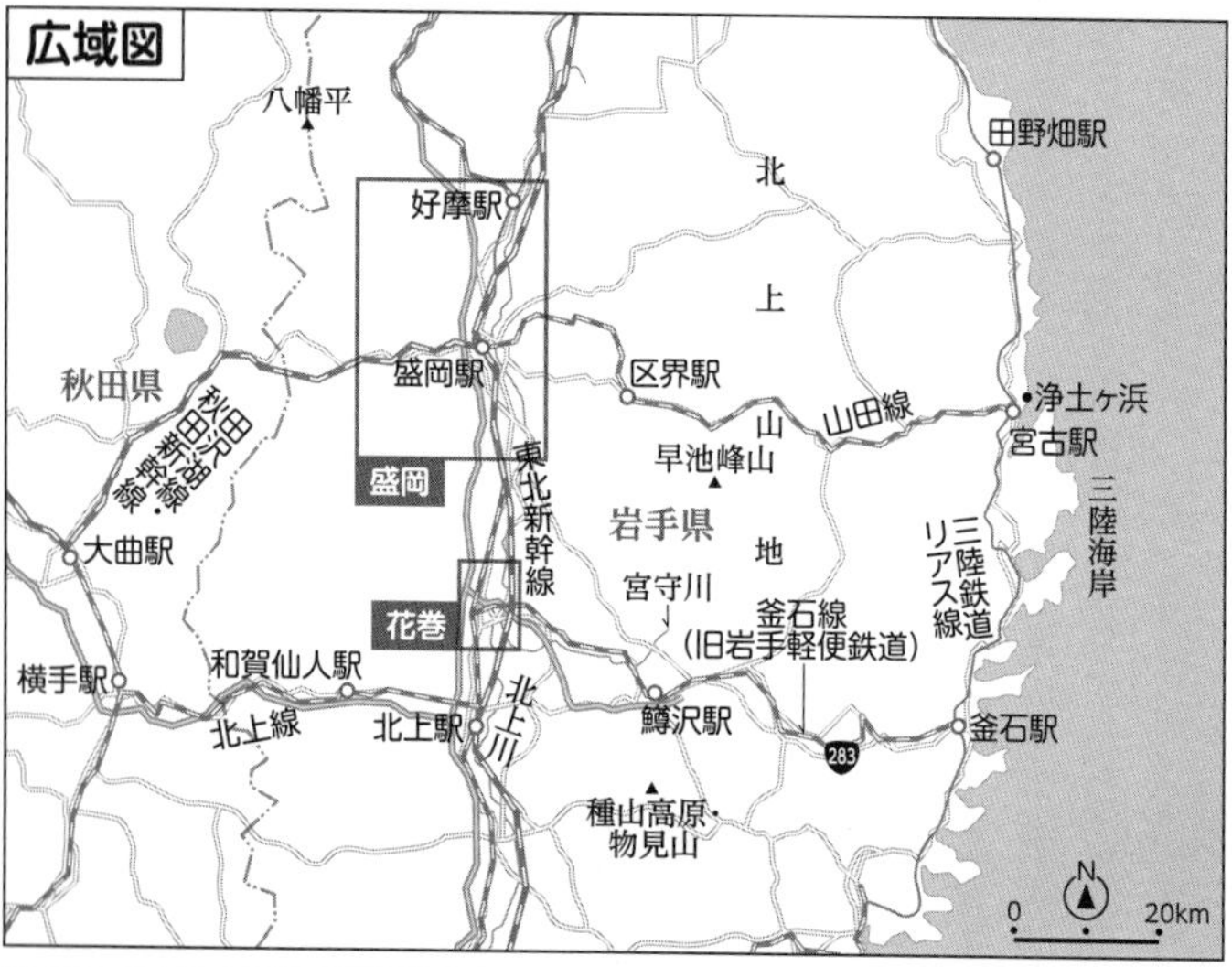
広域図
八幡平
田野畑駅
好摩駅
北
上
山
地
盛岡駅
区界駅
秋田県
秋田新幹線
田沢湖線・
山田線
浄土ヶ浜
宮古駅
盛岡
東北新幹線
早池峰山
三陸海岸
岩手県
三陸鉄道リアス線
大曲駅
宮守川
花巻
釜石線
(旧岩手軽便鉄道)
横手駅
和賀仙人駅
北上線
北上駅
北上川
鱒沢駅
釜石駅
283
種山高原・
物見山
N
0
20km

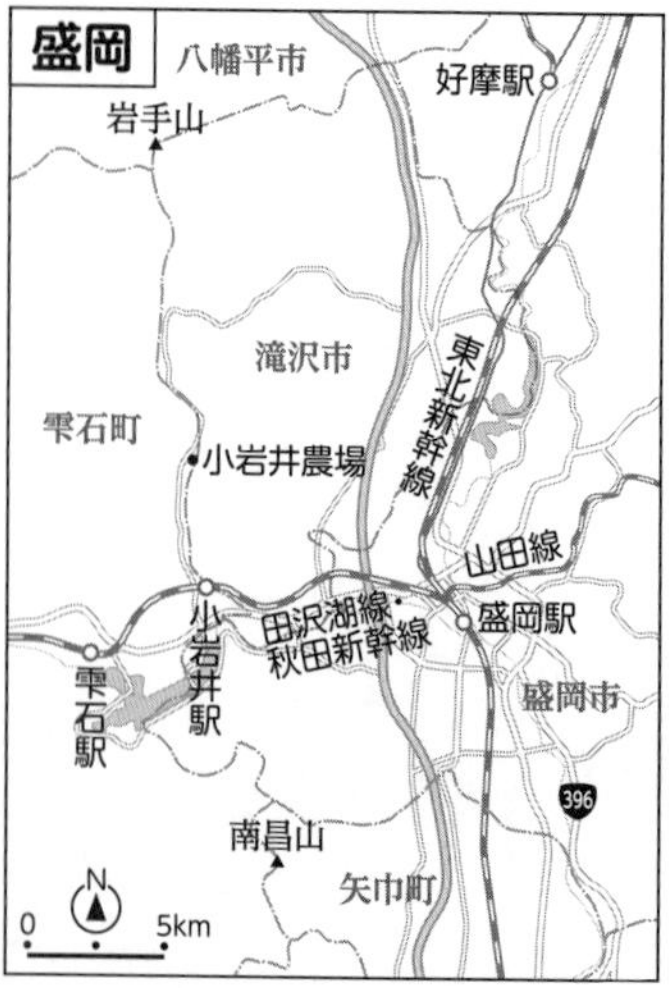
盛岡
八幡平市
好摩駅
岩手山
滝沢市
東北新幹線
雫石町
小岩井農場
山田線
小岩井駅
田沢湖線・
秋田新幹線
盛岡駅
雫石駅
盛岡市
396
南昌山
矢巾町
N
0
5km

花巻
北上川
高
東北新幹線
花巻空港駅
東北本線
花巻空港
花巻市
新花巻駅
似内駅
釜石線
イギリス海岸
花巻駅
カムパネルラ
遭難地点
北上川
N
0
2km

制作／アトリエ・プラン

序

カムパネルラは、ここで死んだ。

正確には、今立っている北上川の岸辺から五十メートルほど先にある中洲《なかす》の突端で。川に落ちた同級生を助けようとして、溺《おぼ》れ死んだのだ。

もちろん、誰かが勝手にここがその現場だと決めただけだろう。根拠はあるのかもしれないが、壮多《そうた》にはわからないし、さして興味もない。

『銀河鉄道の夜』を読んだのは小学生のときに一度きりで、物語の細かなところまでは覚えていないが、すじとしてはとても単純だったはずだ。

主人公はジョバンニという不遇な少年で、カムパネルラはその親友。ある夜、一人で星空を眺めていたジョバンニは、幻想の世界に迷い込み、銀河鉄道に乗ってカムパネルラと天の川を旅する。そして、夢から覚めたとき、カムパネルラが川で不慮の死を遂げていたことを知る——。かいつまんでいえば、ただそれだけの話だ。

思い入れなど何もなくても、こうして水際《みずぎわ》に立ち、夕闇《ゆうやみ》が迫る北上川の流れを見つめていると、ふと膝下《ひざもと》をすくわれるような感覚に襲われる。

童話の中で死んだ少年が引き寄せたなどと言うつもりはない。梅雨の終わりの大雨が一昨日まで降っていたせいで、水かさも勢いも普段より増しているからだ。河川敷のグラウンドを横切り、腰まで伸びた雑草をかきわけて、ここまで来た。視線を右にやると、すぐそこに朝日大橋がかかっている。

知ってる？　カムパネルラって、ここで死んじゃったんだよ――。

そう教えてくれたのは、七夏《なのか》だ。確か、小学校に上がったばかりの頃のこと。河川敷に自転車を放り出し、二人で川を眺めていたのも、ちょうどこの辺りだったのだろう。

七夏は最近もよくここへスケッチに来ていた。春からずっと、北上川の土手を岩手軽便鉄道が走る風景を描いていたからだ。

釜石《かまいし》線の前身である岩手軽便鉄道は、「銀河鉄道」のモデルといわれているらしい。当時使われていた蒸気機関車や客車の写真や資料を、七夏は熱心に集めていた。

あるとき壮多が「いっそのこと銀河鉄道の絵にすりゃいいじゃん。ファンタジーっぽいやつ」と言うと、七夏はかぶりを振った。

わたし、今回は童話の世界じゃなくて、賢治先生が見てた風景を描きたいんだよ――。

その七夏が、ここで消えた。
正確には、この岸辺で壮多と言葉をかわしたのを最後に、花巻の町から忽然《こつぜん》と姿を消してしまったのだ。

描きかけの油絵と、一冊の本、そして、不可解な言葉を一つ残して。

カムパネルラが死なない世界って、どこにあるのかな——。

七夏は、カムパネルラが溺死《できし》した中洲の突端を見つめて、そう言った。まるで、そこへ行ってしまいたいというような口ぶりで。

七夏がいなくなってから、三週間が経《た》とうとしている。どこで何をしているのか、誰も知らない。

いや。知っているかもしれない人間が一人だけいる。

すべてはあいつが現れてからおかしくなったのだ。

そんなあいつと、明日から旅に出る。忌々《いまいま》しいことこの上なくても、そうするより他にない。あいつとともに旅をまっとうすることは、七夏の望みでもあるからだ。

七夏の描きかけの油絵は、今も美術室の片隅に置いてある。

キャンバスの下半分はかなり仕上がっているように見えた。昔の北上川と、遠く上流に見える鉄橋。煙を上げてそちらへ走り去る汽車。全体的に色調が暗いのは、日没直後の風景だからだ。客車の窓明かりが並ぶさまが美しく描かれていて、印象的だった。

明らかに未完成なのは、空だ。キャンバス右上の隅だけが黒く塗られ、左端にはオレンジ色の筆の跡がある。夕焼けの名残りだろう。その間に描かれるはずの空の大部分が、まだ手つかずだった。七夏は何度か言っていた。

青がね、決まらないの。夜になりかけの空の青が――。

天を仰いだ。薄雲に覆《おお》われた空を見つめて、ふと思う。

もしかしたら七夏は、どこかへ探しにいってしまったのだろうか。

夜になりかけの空の青を。

あるいは、カムパネルラが死なない世界を。

I

とし子はあの青いところのはてにゐて
なにをしてゐるのかわからない
（宮沢賢治「オホーツク挽歌《ばんか》」より）

1

五月の連休明け。朝六時のがらんとした教室に、そいつはいた。

窓際《まどぎわ》の机に浅く腰かけ、手にした何かを見つめている。

壮多はわざと荒っぽくドアを閉めた。そいつは上目づかいに一瞥《いちべつ》を投げてきただけで、無言のまま視線を手もとに戻す。見ているのは、普段は教卓に置いてあるクラスの座席表だった。

見慣れない紺のブレザーに、緩めた細いネクタイ。花巻市内の高校の制服ではない。毛先がやわらかくカールした髪の色も、やけに明るい。髪を染めるのは校則違反だ。

校庭に面した窓ガラスが一斉にがたんと鳴った。雨は夜のうちに上がり、空には雲一つない。ただ、さわやかな風とはとても呼べないような強風が、南から吹きつけている。

誰かに一番乗りを取られたのは、二年生になって初めてのことだった。もっと腹が立つのは、そいつが座っているのが七夏の机だということだ。

　壮多は自分の机にバッグを置き、ジャージを取り出しながら言った。

「そこ、お前の席じゃねえぞ」

　そいつが顔を上げた。わずかに細めた奥二重の目に吸い寄せられる。何か言いたげなのに熱を感じない、不思議な目だった。それを除けば、優しげで整った顔立ちをしている。やや小柄だが、女子が騒ぎそうだと思った。

「——だね」そいつは悪びれもせず答え、座席表を見てつけ加える。「佐《さ》倉《くら》七夏——さんの席だ」

　テレビでしか聞かないような標準語。七夏の名をわざわざフルネームで言ったことにもいら立ちが増す。

「おめえ、佐倉の知り合いか何かか」

「まさか。今日が初日なのに」

「転校生か。どっから来た」

「東京」

　やっぱりな、と思うと同時に、なんでまた、とも思った。岩手に来たのは本人の意思でないにせよ、都会育ちの高校生なら普通、転入先に農芸高校は選ばないだろう。

　まあ、そんなことはどうでもいい。東京から来た茶髪の転校生と仲良くするつもりはない。会話を打ち切って、ブレザーを脱ぐ。

「何部？」背中でそいつが訊《き》いた。

すぐには答えず、ワイシャツのボタンを外す。どうせ言ってもわからないし、説明するのも面倒だった。

「今から朝練でしょ。何部？」

息をつき、顔を背けたまま答える。「——鹿踊《しし》り部」

「へえ、いいね」

「いいねって、知ってんのか、鹿踊り」

「ダンダン、ダダスコ、でしょ」

思わず振り返った。それは花巻の人間の耳に染《し》みついた、太鼓のリズムだ。

「ま、生で見たことはないけど」転校生は続ける。「ザ・伝統芸能の部活。花巻って感じ」

癇《かん》に障《さわ》る言い方だった。小さく舌打ちした壮多に、平然と訊いてくる。

「今から踊んの？」

「踊らん。ランニングと筋トレだけだ」

「なーんだ」

そいつはしらけた調子で言うと、また座席表に目を落とした。

何だこいつ――。壮多はその顔をにらみつけてもう一度舌打ちし、着替えを続けた。

四時間目が終わるとすぐに、亮平《りょうへい》と購買部までパンを買いに出た。廊下を歩きながら今朝の話をすると、亮平がすぐ大げさにツッコんできた。

「又三郎かよっ！」

お笑い好きの亮平は、何にでも即座に鋭いツッコミを入れるべく、神経を集中して生きている。

「又三郎って、『風の又三郎』か？」

「『どっどど　どどうど　どどうど　どどう、青いくるみも吹きとばせ　すっぱいくゎりんもふきとばせ』――だべ」亮平は妙な節をつけて言う。

「よく覚えてんな。賢治先生、好きだったか？」

「好きって何？」亮平は露骨に嫌な顔をした。「小学生のとき、二回も劇でやらされたんだよ。二年と五年で。五年のときはナレーション担当だったからさ」

ここ花巻農芸高校の前身は、宮沢賢治が教師をしていた花巻農学校。好むと好まざるとにかかわらず、宮沢賢治は学校生活のいろんな場面に登場する。そして、生徒たちは入学時からこの童話作家を「賢治先生」と呼ぶよう指導されるのだ。

「『風の又三郎』って、どんな話だっけ？」壮多は訊いた。

「川のそばに、小さな小学校がありました」亮平がナレーション口調でおどける。「新学期が始まる日のことです。子どもたちが登校してくると、教室に見たことのない赤毛の男の子が座っておりました」

「それぐらいは知ってる」

「その日はとても風の強い日でしたから、子供たちはその男の子が『風の又三郎』ではないかと疑いました」

「そもそも、風の又三郎って何だ？　妖怪《ようかい》的なもんか？」

「それは……原作をどうぞ」

「知らねーのかよ」

「お、何気にツッコんだね」

「で、続きは」

「それからいろいろありまして、男の子はまた転校していきましたとさ。おしまい」

「終わりかよ」

突き当たりを左に行こうとすると、首だけ右に回した亮平が「あ」とつぶやいて立ち止まった。

その視線を追うと、正面玄関へと続く廊下の先に、件《くだん》の転校生——深澤北斗《ふかざわほくと》がいた。壁の掲示板をじっと見つめている。部活動と生徒会関係の告知が張られたものだ。

「又三郎、どこか部活に入るつもりなのかな」亮平が言った。

「さあな。おい、急がないとパンなくなるぞ」

先に行こうとすると、また亮平が「あ」と声を上げた。

「あいつ、勝手に何か剝《は》がしたぞ」

見れば確かに、黄ばんだコピー用紙を手に取っている。深澤は何食わぬ顔でそれを四つ折りにし、ポケットに突っ込んだ。何の掲示だったかはわからない。

構わず歩き出すと、亮平が追いついてきて言った。

「部活やるなら、うちに入ってくんないかな」サボりぐせはあるものの、亮平も鹿踊り部の一員だ。

「いらねーよ、あんなやつ」

「でもさ」亮平はニヤけた顔で続ける。「イケメンとツレになっとくと、何かいいことあるかもしんないし」

「お前、プライドないんか？　だいたい、東京から来たチャラいやつに、鹿踊りなんか無理だ」

鹿踊りとは、おもに岩手と宮城で受け継がれている伝統舞踊だ。

一番の特徴はその装束だろう。まず、カシラというものを頭にかぶる。獅子《しし》舞《まい》のかぶりものに少し似ているが、鹿の頭を模したものらしい。カシラには本物の鹿の角がついていて、黒いたてがみが腰まで垂れている。

幕と呼ばれる布で上半身を隠し、下半身は袴《はかま》、足もとは足袋とわらじだ。背中にはササラという棒を二本背負う。長さは三メートル近くあって、竹を割ったものに白い紙を巻いてある。腰には太鼓をくくりつける。それを打ち鳴らしながらたてがみとササラを振り乱し、飛び跳ねるように踊るのだ。

花巻農芸高校鹿踊り部は、ぬるい文化系部活動ではない。装束は全部で十五キロもあり、踊りは激しい。公演やイベントで踊る機会が年に三十回はあるので、日々の練習とトレーニングは欠かせない。県内でも有名な伝統ある部で、現在の部員は二十一名。上下関係もそれなりに厳しく、むしろバリバリの体育会系だ。

壮多が鹿踊りを始めたのは、小学四年生のとき。すでに亡《な》くなっていた祖父の親友が「子ども鹿踊り会」の会長で、そこに半ば無理やり入れられたのだ。楽しいとも思わずやっていたのに、勉強でもスポーツでもろくに褒められたことのなかった壮多が、「スジがいい」と褒められた。「鹿踊りなんてジジくせえ」とからかってくる同級生もいたが、やめようとは思わなかった。むしろ、続ければ続けるほど、その奥深さに取り憑《つ》かれていった。

幼い頃から父親が不在がちで、母、姉、母方の祖母に囲まれて育った壮多にとって、鹿踊りの師匠と先輩たちがときに父親がわりであり、兄がわりであった。中学一年の春には両親の離婚が決まり、父親が家を出て行ったが、グレたりせずにすんだのも鹿踊り会という居場所があったからだ。

子ども鹿踊り会は中学卒業と同時に引退となる。夢はおろか、将来の漠然とした希望すら持たないまま、鹿踊りのためだけに花巻農芸高校に進んだ。

自分には鹿踊りしかない――それが、壮多が自分自身について今わかっているすべてだった。


後ろのドアから教室に戻る。二年Ａ組――農芸科のクラスだ――の昼休みは、いつもとほんの少し様子が違っていた。あちこちで固まって弁当を食べているのは同じだが、騒がしさが足りない。どことなく緊張感さえ漂っているのは、深澤という異物のせいだ。とくに女子たちは、小声でささやき合いながら、窓際の最後尾に付け足された席の深澤をちらちら観察している。本人はそれを気にかける風でもなく、コンビニの袋を机に置いて、一人でパンをかじっていた。

壮多は自分の席に向かった。真ん中の列の後ろから二番目。深澤との間には誰もいない。斜め前の机では、七夏と紗紀《さき》が弁当を広げている。

七夏が顔を上げ、眼鏡の奥の瞳《ひとみ》をこちらに向けた。壮多の手のカレーパンとコロッケパンを見て、形のいい眉《まゆ》をひそめる。

「なんでそんなの買ってきたの？」

「なんでって、食うからだ」

「お弁当、預かってきてるのに」七夏はサブバッグから弁当箱を取り出した。「おばさんから聞いてたでしょ？」

「聞いとった」それを受け取りながら言う。「弁当も食う。今日はめっちゃ腹減ってんだよ」

　母はときどき寝坊して、朝練に出る壮多の弁当が間に合わないことがある。そんなとき母は、路地をはさんで四軒向こうに住む七夏に弁当をことづけるのだ。

　七夏と両親がとなりの北上市から引っ越してきたのは、壮多が三、四歳の頃らしい。以来二人は保育園からずっと一緒で、互いに近くにいるのが当たり前の存在だ。

　壮多の席まで椅子《いす》を運んできた亮平に、紗紀が「ねえ」と目配せする。

「あ？　何？」

「ほら」紗紀は丸顔をほころばせて声をひそめ、箸《はし》の先で深澤のほうを指した。「誘ってあげれば？　一緒にどうですかって」

　壮多は顔をしかめて亮平をにらんだ。それに気づいた亮平がふざけてごまかす。

「だよねえ。それが良識あるクラスメイトの姿だとは思うんだけどさ」

　そんな亮平にはさっさと見切りをつけ、紗紀が自ら深澤に声をかける。

「初日からイギリスサンドを選ぶなんて、お目が高いですね」

深澤は「え？」と驚いた顔をこちらに向けた。「ああ――こういうの、東京に売ってないから」

イギリスサンドというのは、食パンに砂糖とマーガリンをはさんだだけの菓子パンだ。岩手では昔から人気があって、スーパーに山積みされている。

「うめえだろ」亮平が得意げに言う。

「まあ。ちょっと甘いけど」深澤はにこりともしない。

「あー、あたしも久しぶりに食べたくなってきた」紗紀がうらやましそうに箸を噛《か》む。

「でもダメだ。それ、超カロリー高いんだよね」

「なんだ紗紀」亮平が口の端を歪《ゆが》める。「東京からイケメンが来たからって、ダイエットか。もう手遅れだべ」

「うるせーバカ」紗紀が亮平に箸箱を投げつけた。亮平はそれを腹で受け止める。

紗紀はそのまま深澤に笑いかけた。「それって、東京の高校の制服でしょ？　うちらのとそこまで変わんないのに、なんかオシャレに見えるよね」

「こっちの制服、間に合わなくて」

「髪は？」紗紀は自分の髪の毛をつまむ。「先生に何か言われなかった？」

「ああ――早く黒くしてこいって」

「深澤君は、なんで花巻に来たの？　お父さんの転勤とか？」
「いや――いろいろあって」
「東京じゃ普通の高校に行ってたんでしょ？　なんでまた花農なの？」
「まあ――ちょっと興味あって」

紗紀の無遠慮な質問攻めに、深澤は言葉少なに応じた。愛想笑い一つ浮かべないのに、あの独特な目だけは真っすぐこちらに向けてくる。そのせいなのか、不思議とスカした感じはしない。

壮多は七夏の様子をうかがった。七夏は、会話に入るどころか、深澤のほうに顔を向けようともしない。じっと弁当箱だけを見つめ、静かに箸を運んでいる。

そうだ、そうしてろ――心の中でうなずき、今度はさりげなく教室を見回した。やはり、深澤と紗紀のやり取りに聞き耳を立てている女子が何人もいる。

「俺も、一個質問いい？」深澤が誰にともなく言ってパンの袋のしわをのばす。「イギリスサンドって、イギリス海岸と何か関係あんの？」
「イギリス海岸って、北上川の？」紗紀は亮平と顔を見合わせた。「関係ないよね？」
「知らね」亮平は焼きそばパンを頬張ったまま首を振る。

イギリス海岸とは、宮沢賢治が名づけた川岸のことだ。花巻市街からほど近いところにある。賢治の作品にも登場するらしいが、壮多はそれ以上知らない。

「七夏なら知ってっか」紗紀は七夏の顔をのぞき込んだ。

「え、たぶん関係ないと思うけど――」七夏は小さく首をかしげる。

「なら間違いないよ」紗紀は深澤にうなずきかけた。「この子、賢治先生ラブだから」

「ちょっと――」七夏がとがめるように紗紀の袖口《そでぐち》をつまむ。

「関係あるわけねーだろ」壮多は見かねて口をはさんだ。「イギリスサンドは、もともと青森のもんだ」

「へえ、そうなんだ」深澤は少し何か考えて、訊いた。「イギリス海岸って、ここから自転車で行ける？」

「余裕。てか、みんなもっと遠くからチャリで通ってるし」亮平が答え、余計なことまで付け加える。「佐倉、帰りに連れてってやれよ」

「え――わたし？」七夏が目を見開いた。

壮多は慌《あわ》てて、おい、と口だけ動かしたが、亮平は気づかずのん気な声で続ける。

「帰り道、近く通るだろ？」

「――うん……別にいいけど……」

紗紀が壮多の顔を見て、助け舟を出した。

「だったら、江口《えぐち》も一緒に行ってやりなよ。ご近所のお二人で」

いつもなら睡魔と闘いながらの午後の授業も、今日はまったく眠くならなかった。

チャイムとともに教師が出ていくと、皆だらだらと持ち場へ散る。この学校では清掃の時間が終礼の前に設けられている。生徒たちが掃除もせず部活に飛び出していくのを防ぐためらしい。

「今日、自主練どうすっかなあ。むっちゃんに誘われてんだよね、ゲーセン」教壇に上がった亮平が、中腰になってバランスをとった。額の上にほうきを立てる曲芸を披露しているのだ。

部活は月曜から土曜まで毎日あるが、水曜午後のみ自主練習となっている。亮平とは違って、壮多は入部以来、自主練も欠かさず出ていた。

「で、結局どうすんの?」亮平が訊いてくる。「行くんか? イギリス海岸」

「行くわけねーだろ。なんで俺が」黒板消しを闇雲《やみくも》に動かしながら、怒ったように返した。内心まだ迷いがあったからだ。

「ですよねえ。訊くだけ野暮でした」

亮平は倒れかけたほうきを「ほっ」とつかみ、続ける。

「それにしても、どうなるのかねえ、今年の花農祭」

「さあ。もう無理なんじゃね」

「生徒会のやつら、ヒマそうな二年に片っ端から声かけてるみたいだけどさ。このまま六月に入ったら、さすがにアウトだべ」

毎年九月末に開催されている学園祭――「花農祭」は、完全に生徒主導でおこなう行事だ。一、二年生の有志が四月に花農祭実行委員会を立ち上げて、学校側と交渉しながら準備を進めていくのが伝統になっている。

ところが今年は異常事態で、有志がまだ一人も名乗りを上げていない。担任によると、このまま開催断念ということになれば、開校以来初めての不名誉な出来事になるらしい。

「三年生は俺ら二年にお怒りらしいけど、うちの部長はそうでもないね」亮平はまたほうきを額に立てた。「もうどっちでもいいよって感じ」

「かもな。花農祭の前後に、もっと大事な大会がある」

「うん。リハーサルの機会が一回減るだけだって、結構ひでえこと言ってた」

運動部にインターハイがあるように、文化系の部活にも全国大会がある。全国高等学校総合文化祭――略して「総文」だ。音楽、美術、演劇はもちろん、放送、将棋、自然科学など、十九の部門で開かれている。鹿踊り部が参加するのは、伝承芸能部門。県の大会で最優秀賞を獲《と》った高校だけが、この全国大会に進める。

鹿踊り部は、去年の県大会で岩手代表の座を勝ち取り、今年の総文に出場することになっていた。その晴れ舞台が八月の頭にあるのだ。そして十月には、県の予選にあたる岩手県高等学校総合文化祭が開かれる。来年の総文出場がかかった重要な大会だ。

その二つの大会で、壮多は踊る。鹿踊りはチーム演舞で、舞台に立てるのは八人だけだ。八月の総文メンバーに選ばれた二年生は、壮多ひとり。他はみな三年生だ。

そして、二年生部員が中心となって挑む十月の岩手県大会では、おそらく壮多が「中立ち」をつとめることになる。つまり、フォーメーションの中心で踊るということだ。

入学当初から、自分がいずれこの部を引っ張っていくのだという自負はあった。キャリアは同学年の部員の中で一番長く、今も誰より懸命に練習を重ねている。上背のある壮多がダイナミックに踊ると迫力が違う、と顧問をはじめ誰もが言う。

八月の総文出場を勝ち取ったのは、今の三年生たちだ。自分たちの代も十月の県大会を勝ち抜いて、いい流れを後輩に引き継がなければ。そのためにも、二年生で総文の舞台に立つという貴重な経験を無駄にはできない――。

不意に、「やべっ」と亮平の声がした。傾いたほうきを追ってバランスを崩した亮平が勢いよく教卓に手をつき、座席表が弾《はじ》け飛ぶ。

黒板の下に落ちたそれを拾い上げようとして、ふと気づいた。

そういえば――。

座席表に並ぶ名前を見つめているうちに、大げさでなく血の気が引いていく。

なんで、あいつ――。

「やっぱゲーセン行こうっと。壮多は俺の分まで頑張ってくれ。な、次期センター」

おどけて肩をたたいてくる亮平のわきをすり抜け、七夏の机に歩み寄る。

今朝、深澤はここに座り、座席表を見て「佐倉七夏さんの席だ」と確かに言った。でも——手にした座席表をもう一度確かめる。そこには名字しか書かれていない。机の中を漁《あさ》ればフルネームが書かれたものが見つかるかもしれないが、そんなことをする理由がない。

つまり深澤は、七夏のことを前から知っていたということか。理由はわからないが、あいつはあえてこの机に座っていたのだ。心のざわつきは、もはや抑えようもない。

七夏の机を見つめたまま、つぶやくように言った。

「——俺も、今日は休むわ」

2

自転車を三台連ね、国道を南に走る。七夏を先頭に、深澤を間にはさみ、少し離れて壮多がついていく。

時おり強い風が正面から吹きつけてきて、ペダルを重くする。額ににじんでくる汗を、ワイシャツの袖でぬぐった。

車道を追い越していくバスの中から、女子たちがこっちを指差している。昼休みには他のクラスから何人も教室をのぞきに来ていた。深澤のことはもう学年中の噂《うわさ》になっているらしい。

肩まで届かない七夏の黒髪が、一定のリズムで左右に揺れている。

終礼が始まる前、実習室の掃除から戻ってきた七夏をつかまえて、「お前、あの深澤ってやつに会うの、今日が初めてだよな？」と訊いてみた。七夏は眉根を寄せて、「当たり前じゃん」と言った。嘘《うそ》をついているようには見えなかった。「なんで？」と訊き返されたが、「別に」としか答えなかった。

赤信号で止まると、深澤が振り向いて言った。

「そういや、部活はよかったの？」

「水曜は自主練だ」つっけんどんに答える。

「佐倉さんは？」今度は七夏に向かって訊いた。

「美術部なんだけど、決まった活動日は火曜と金曜だけで、あとは自由にって感じ。花農祭とか出展の直前は、みんな毎日美術室にこもるけどね。深澤君は、何か部活やってた？」

「いや、毎日バイト入れてたし」

「どんなバイト？」

「いろいろ。カフェとかハンバーガー屋とか」

「マック？」

「いや、『トーラス・ハウス』って店」

「トーラスって……牡牛《おうし》座だっけ？」

「だね」

「そんなチェーンがあるんだ」

「いや、個人でやってる店。近所にあって」

そういう店のことは、テレビで見たことがある。こだわりのパテだか何だか知らないが、ハンバーガー一個で千円もするような店だろう。

「ふうん」七夏は真顔で言った。「東京って感じだね」

七夏の提案で、少し南に行き過ぎてから、北上川の土手を走って向かうことになった。確かにそのほうが川の様子はよくわかる。

県道を左に折れ、朝日橋が見えてきたあたりで、急に深澤が自転車を止めた。街灯の支柱に取り付けられた小さな看板を見上げている。色あせた手書きの青い文字で〈イギリス海岸 Igirisu Kaigan〉とあり、左向きの矢印が描かれている。壮多は子供の頃から見ているので、気に留めたこともなかった。

深澤はスマホを取り出し、写真まで撮っている。

「そんなのが珍しい？」七夏が目を瞬《またた》かせる。

「てか、ヨーロッパの田舎町っぽい」

橋に向かって坂を上りきると、もうそこは北上川の土手の上だ。視界が大きく開ける。先頭の七夏が左に折れた。土手沿いに、レンガ色のブロックが敷かれた遊歩道がのびている。昨夜の雨のせいか、今日はとくに見晴らしがいい。

右に目をやれば、河川敷の向こうに北上川の深い青色の流れと白い河原が見える。左手には桜並木が続き、その間から花巻の平たい街並みがのぞく。はるか遠くに見える稜《りょう》線《せん》は、奥羽《おうう》山脈だ。

壮多には見飽きた通学路でも、深澤にとっては違う。ゆっくりペダルを踏みながら、深澤はもの珍しそうに左右の景色を眺めている。

「何もないでしょ、花巻」七夏がスピードを落とし、深澤に並んで言った。

「まあ、だいたい想像どおり。想像と違うのは——」深澤が初めてうっすら微笑《ほほえ》んだ。「みんなあんまり訛《なま》ってないってこと」

「そうかな」七夏は小首をかしげた。「東北の中でも岩手の人はあんまり方言を使わないって言われてるけど……でも標準語とは全然違うでしょ」

「んー、気になったのは、『だべ』ぐらい」

「じぇじぇじぇ！」壮多は後ろで声を張り上げた。前の二人が急ブレーキをかけ、振り返る。

「んだんだ、オラたちは方言なんて使わねえのす」深澤をにらみつけて続けた。「これで満足か。お前、花巻をバカにしてんだろ」

「してねーよ」深澤がまっすぐ見つめ返してくる。

「ちょっと、壮多」七夏が怒った顔で言う。「どうしたの？　今日ちょっと変だよ？」

「変なのは俺じゃねえ」

　七夏にうながされて、またペダルをこぎ始める。空気を変えようとしてか、七夏が深澤に訊いた。

「深澤君は、なんでイギリス海岸に行きたいの？」

「なんでって、基本でしょ。花巻の」

「賢治先生、好きなの？」

「宮沢賢治――」深澤は遠くを見てつぶやいた。そこで急に語気を強める。「むしろ、嫌いだね」

　七夏が驚いて目を見開いた。壮多の顔もまた熱を帯びる。昼休みに紗紀が言ったことを深澤は聞いていたはずだ。おい、と吠《ほ》える寸前、それを察した七夏が目だけでやめてと言った。

　会話は途絶えた。重い空気のまま、遊歩道をつき当たりまで進む。そこから川に向かって坂を下ると、イギリス海岸の駐車場だ。この一帯は公園として整備されている。

車は一台もなかった。観光客向けの解説パネルの前に自転車を停める。ここから先は歩きだ。七夏を先頭に、河原のほうへ下りていく。

岸に沿って柵《さく》の付いた散策路がのびている。すぐ右を流れる北上川はたっぷりの水をたたえていた。上流に向かってしばらく行くと、左手から瀬川という小さな支流が北上川に注ぎ込んでいる場所に出る。そこが目的地だ。

瀬川は幅五メートルほどで、今は底が見えるほど浅い。散策路から緩やかな広い階段がついていて、合流地点の水辺まで下りられるようになっている。白く平たい丸石ばかりの、せまい河原だ。

瀬川をはさんだ向こう岸はちょっとした崖《がけ》になっている。二つの流れが交わる股《また》の部分が、くさびのように突き出ているのだ。高さはせいぜい三、四メートルで、岩肌はやはり白い。

「ここがそう」七夏が両手を広げて言った。

「これで全部？」深澤が確かめる。

「うん。意外と小さいでしょ。でも――」七夏は言い訳でもするように付け加える。

「賢治先生の時代は、もっと違う景色だったんだって。白い段々の川床がたくさん見えてて、ほんとの海岸みたいに……」

深澤は一人階段を下りていった。河原にしゃがんで石を一つ拾い上げると、それをもてあそびながら言う。

「なんか、イメージと違うな」

「連れてきてもらっといて、文句かよ」壮多はうなるように言った。肩をいからせて深澤のほうに歩み寄る。「おめえ、何様のつもりだ。さっきから――」

立ち上がった深澤が、「しっ」と唇に人差し指を当てた。思わず壮多も固まる。コンコンコン、と何かを叩《たた》く音が聴こえた。瀬川の向こう岸、白い崖の裏側からだが、音の主の姿は見えない。コンコンコンコン――音は断続的に続く。

深澤は崖に向かっていきなり叫んだ。

「すいませーん！」

叩く音が止《や》んだ。

「すいませーん！」深澤がもう一度声を張り上げる。

しばらくすると、突き出た崖の先から銀縁眼鏡の若い男が顔をのぞかせた。水面すれすれのわずかな足場に立っているらしい。崖にしがみつくようにしてこちら側に回ってくる。

白いワイシャツにグレーのズボン。花農の制服だが、その顔に見覚えはない。膝《ひざ》まであるゴム長靴を履き、腰のベルトにハンマーを挿している。

深澤はポケットから折りたたんだ紙を取り出すと、その男子生徒に広げて見せた。

「これ見て説明会に来たんですけど」

男子生徒は驚いたように眼鏡に手をやり、分厚いレンズの奥の目を見開く。壮多は七夏と顔を見合わせた。七夏もぽかんとしている。

「行きます！　すぐ行きますから！」

男子生徒は慌てて片足を川に突っ込んだ。深さはちょうど膝までだ。ろくに足もとも確かめず、ざぶざぶと水音を立てながら大急ぎでこちらに渉《わた》ってくる。

危ない、と思ったときはもう遅かった。案の定、川の真ん中で足を滑らせ、派手に水しぶきを上げて尻《しり》もちをついた。

その男子生徒は、三井寺《みいでら》と名乗った。土木造園科の三年生だという。体つきこそひょろっとしているが、細い腕はよく日に焼けていた。

「今日はここにひと気がなかったですからね。滅多にないチャンスだったわけですよ」

河原に続く階段の下でズボンを絞りながら、三井寺は気まずそうな笑みを浮かべた。今は壮多のジャージのパンツをはいている。七夏に言われて、朝練で使ったものをタオルと一緒に貸してやったのだ。サイズが大き過ぎて、腰のゴムがみぞおちまできている。

壮多は一人離れて階段の中ほどに座り、三人の様子を横目でうかがっていた。

「で、採れたんすか、化石」深澤がぞんざいに訊く。三井寺が持っていたハンマーを勝手に手に取り、自分の手のひらをぺちぺち叩いている。

「いえ。そう簡単にはいきませんよ」相手が下級生だとわかっても、三井寺は丁寧な言葉づかいをやめようとしない。

「でも――」七夏が遠慮がちに確かめる。「禁止、なんですよね。化石採り」

「文化庁の許可が必要です。ですからこっそり」

宮沢賢治はこのイギリス海岸で化石の発掘にも熱中していたらしい。そのことは、化石採集を禁ずる注意書きとともに、駐車場の解説パネルに書かれている。

「花農に地学部ができたら、許可下りるんすか」深澤が言った。

「わかりません。研究の必要性が認められれば、あるいは、というところでしょうね」

地学部――。壮多は七夏に手渡された紙にもう一度目をやった。深澤が校内の掲示板から剝がしていたのは、これらしい。

〈来たれ地学部！　賢治先生の志を継ぎ、花農に地学部を立ち上げよう！　石が好きな人、星が好きな人、空が好きな人、大歓迎！〉

やけに精密に描かれた岩石とハンマーのイラストをはさんで、文字はこう続く。

〈毎週水曜日、イギリス海岸にて説明会を絶賛開催中！　詳しくは、三年Ｂ組三井寺修平《しゅうへい》まで〉

「部員はもう何人か集まってるんですか」七夏が訊いた。

「いえ、まだ一人も」三井寺が苦笑する。「掲示は僕が二年のときから出し続けているんですが、説明会に来てくれたのも君たちが最初です。一年間、待った甲斐《かい》がありましたよ」

「あ——わたしたちは……」

言いよどんだ七夏がこっちを見たが、壮多は無言のまましかめ面《つら》を深澤に向ける。こいつにしたって、どうせ冷やかし半分だ。茶髪の東京者が、そんな地味な部活——。

その視線に気づくこともなく、深澤が三井寺に質《ただ》す。

「で、センパイの地学部は、どんなことやるんすか」

「基本的には各自好きなことをやればいいと思いますよ。鉱物採集でも天体観測でも。ただ、年に一つはみんなで同じテーマに取り組んでみたいですよねえ」

「夏休みとか？」

「そう、夏休みとか。で、それをどこかで発表したりしてね」三井寺は夢見るように目を細めると、前のめりになって深澤に訊《たず》ねる。「君は、石の人？　星の人？　気象の人？」

「いや、どの人でもないです」

「——そうですか」三井寺は一瞬顔を曇らせたが、すぐ小刻みにうなずいた。「いいんですよ、初心者大歓迎」

ふん、やっぱりそうだ。壮多は鼻から息をもらす。腰を上げ、もう行くぞと七夏に声をかけようとしたとき、深澤が先に声を発した。

「センパイは、化石の人ってわけですか」

「いいえ、どちらかというと鉱物です。でも、せっかく花巻に生まれたんですから、一度はここで化石を採ってみたいじゃないですか。賢治先生が見つけたのと同じものを自分のコレクションに加えられたら、もう最高ですよ」

「それって――」七夏が横から言う。「クルミの化石、とかですか」

「お、詳しいですね」三井寺は七夏の顔をまじまじと見つめた。「もしかして、化石の人？」

「まさか」七夏は慌ててかぶりを振る。「前に何かで読んだことがあって――」

「彼女、宮沢賢治の人なんすよ」深澤がしれっと言った。

「あ、なるほど。だったら、『プリオシン海岸』って知ってるでしょ？」三井寺は七夏に訊いた。

「はい、『銀河鉄道の夜』の――」

「ジョバンニとカムパネルラが、白鳥の停車場で途中下車して、銀河の河原に行く。それが、プリオシン海岸。そこで化石採りの学者たちと出会うわけです」

「イギリス海岸がモデルになってるんですよね」

「お、さすが」

まったく話についていけない。壮多は小さく息をつき、また腰を下ろした。目を輝かせた三井寺が、七夏に問いを重ねる。

「では、『プリオシン』がどういう意味かは、知っていますか」

「意味？」七夏がまつげを瞬かせる。「賢治先生が造った言葉かと……」

「地質時代を示す学術用語です」三井寺は気取って眼鏡を持ち上げた。「新第三紀鮮新世。およそ五百万年前から二百五十八万年前までの期間ですね」

「そうなんだ――」

「賢治先生は、ここの景色をイギリスのドーバー海峡の白い崖になぞらえたんです。ドーバー海峡の地質は白亜紀の石灰岩、ここは凝灰質の泥岩《でいがん》ですから、ものは全然違いますけどね。賢治先生たちは当時、このあたりの地層をプリオシンのものと考えていたのですが、近年の研究ではそれも否定されています。ここの泥岩は、第四紀更新世――プライストシンに堆積《たいせき》したものと考えられているんですよ」

「つまり、もっと新しい地層ってことですか」七夏が確かめる。

「でも、『プライストシン海岸』なんて、語呂《ごろ》わりい」深澤が口の端をゆがめた。

「もちろん、賢治先生に非があるわけじゃないですよ。彼のことですから、当時としては最新の知識だったはず。科学的知見というのは、常に更新されるものです」

三井寺はどこかさびしげに目を細め、正面の崖を見つめて続ける。

「僕も何か新発見をして、科学を更新してみたいものですねえ。もう、ラストチャンスかもしれませんから」

「ラストチャンス……？」

つぶやくように繰り返す七夏の横で、深澤が「うん」とうなずいた。

「だいたいわかりました。俺、入りますよ。センパイの地学部」

「え⁉」三井寺が弾けるように振り返る。「ほんとですか！」

「部を立ち上げるのに、最低何人要るんすか」

「ああ――五人だと聞いてます」

「じゃあ、あと二人か」

「二人？　だって、僕と君しか……」三井寺が視線を七夏に移す。「もしかして――」

三井寺と深澤に見つめられて、七夏はのけぞった。

「え、ちょ、わたし、違います」七夏は声をうわずらせながら、ずれた眼鏡を直す。「美術部入ってるし」

「別にいいじゃん。掛け持ちできるでしょ」深澤がこともなげに言う。

壮多は反射的に立ち上がった。同時に言葉も口を衝《つ》いて出る。

「勝手なことばっか言ってんじゃねえ！」

大股で階段を下り、深澤の胸先までつめ寄った。

「おめえ、なめてんのか。田舎もんだと思って、なめてんのか」

「だから、なめてねーし」頭一つ分背の低い深澤は、一歩も退《ひ》かない。「それに俺は今、佐倉さんと話してんだよ」

「そうだよ」七夏が厳しく言った。「さっきから何なの？　壮多がカッカするようなことじゃない。話に入ってこないで」

「まあまあ、皆さん」三井寺がおろおろしながらなだめにかかる。「ケンカになるような要素はなかったように思えますよ。客観的に見て」

「んだよ……」と口ごもっているうちに、「もういいから、どいて」と七夏に押しのけられた。

　七夏はさっきより落ち着いた声で深澤に告げる。

「やっぱり無理。だいたいわたし、地学なんて――」

「普段は幽霊部員でいいんだし」深澤はまだ勝手なことを言い募る。「気が向いたら俺たちの野外活動についてきて、スケッチでもしてりゃいい。宮沢賢治の童話を題材にしたような絵は、描かない？」

「――描くけど……」

「だったらなおさらだね」

「どういう意味？」

「賢治が好きで、賢治の絵も描くんでしょ」

「だからって——」

「だからだよ」深澤はにやりとした。「宮沢賢治といえば、地学じゃん」

3

「珍しいねえ、あんなボロボロの壮多」太鼓を抱えて部室に向かいながら、亮平が言った。「お前が花センにあそこまで言われるなんて、初めてだべさ」

今日はまるで練習に集中できず、何度も振りを間違えた。そのたびに顧問の花田に怒鳴られ、ついには「江口、もう外れてろ」とフォーメーションから出されてしまった。

原因はもちろん、昨日のイギリス海岸での出来事だ。

「どったのよ？　下痢ピー？　恋？」

取り合うかわりに、壮多は「なあ」と訊《き》いた。

「宮沢賢治って、科目でいうと何だと思う」

「科目？　よくわかんないけど、国語じゃね？」

「だよな。でも、違うってやつがいるんだ」

「国語じゃないなら何よ。歴史か？」

「いや、地学」

「地学？　って、どういうのだっけ？」

「中学でやったろ。地層とか天気図とか」

「ああ、あれね。宇宙のロマン系ね」

壮多の認識もその程度のものだ。この高校に「地学」と名のつく授業はないし、地学の教師も当然いない。科学系の部活動といえば、生物部がほそぼそと活動を続けているだけ。地学部などというものが本当に成立するのか、見当もつかない。

昨日の去り際《ぎわ》、七夏は三井寺に「一応考えてはみますけど、期待しないでください」と言っていた。最初はきっぱり拒否していたのに、結局そうなった。「宮沢賢治といえば、地学じゃん」という深澤の言葉が、七夏の心を揺さぶっているのだ。

もっと気になるのは、深澤の真意だ。あいつはどこまで地学部に本気なのか。なぜ七夏を巻き込もうとするのか。深澤は以前から七夏のことを知っていたふしがある。単なる気まぐれとは思えない。ただ、七夏が狙《ねら》いなのだとすれば、あまりに回りくどい気もする。七夏に近づきたいだけなら、自分が美術部に入ればいい。

うしろから早足で追いついてきた一年生が、「あのう……」と声をかけてきた。伊藤という女子部員だ。小さな体に、装束が山積みの大きな箱を抱えている。

「ちょっとお訊きしてもいいですか」
「何なに？」亮平がおどけて応じる。「俺のケータイ？」
「あの……先輩たちのクラスに東京から転校生が来たって、友だちが言ってて。名前が知りたいって――あ、あたしじゃなくて、その友だちが」
「おー、深澤君、早くも全国区」
「深澤さんっていうんですか」
「そ、深澤北斗君。好きな女の子のタイプはわかんねーけど、好きなパンはイギリスサンドね」

二人の会話を聞き流しながら、壮多は小さく息をついた。

やっぱり、まずい。深澤だけはまずい。あいつをこれ以上七夏に近づけてはいけない。自分のためにではない。七夏のためにだ。

花巻農芸高校に入学して以来、七夏はそれなりにうまくやってきた。特定のグループには入らずとも、紗紀といういい相方ができた。部活も楽しそうにやっている。

あんな転校生ごときに、七夏の高校生活を台無しにさせるわけにはいかない。七夏を辛《つら》い日々に逆戻りさせるわけにはいかないのだ。絶対に――。

いつの間にか、部室のあるプレハブまで来ていた。

鹿《しし》踊り部にあてがわれているのは二階の一室だ。誰かが出入り口でもたついているらしく、外階段は渋滞していた。階段の途中に太鼓や道具を抱えた部員たちが並んでいる。壮多の目の前にいるのは、さっきまで亮平と話していた伊藤だった。

しばらくして列が動き出し、壮多も階段を上り始める。考えごとを続けながら足を運んでいたせいで、伊藤が再び足を止めたことに気づかなかった。壮多の太鼓が彼女の膝裏あたりをぐいと押した。

伊藤は「ぎゃっ」と叫んでうしろによろけ、抱えていた箱から装束が飛び出そうになった。それを押さえようとして階段を踏み外し、壮多におおいかぶさってくる。甲高い悲鳴とともに景色がスローモーションになり、そして――。

気づいたときは、地面に仰向けに倒れていた。背中を強く打ち、息ができない。腹の上には伊藤が乗っていて、その腰を自分の右腕がしっかり抱いている。「先輩！　大丈夫ですか！」と繰り返しわめいているところを見ると、たぶん彼女は無事だ。

体を起こそうと、左手で地面を押したとき、激痛が走った。

4

絶望とは、愚か者の結論――。

思い出したくもない言葉が、ふと頭をよぎる。

小学生のときは、鹿踊り会の他にサッカーチームにも入っていた。体格がいいというだけでキーパーに回されていたが、レギュラーにはなれなかった。六年生になり、「きっともう大会には出られん。絶望的だ」と愚痴をこぼすと、珍しく家にいた父が、煙草《たばこ》をくゆらせながらぼそりとその言葉を口にしたのだ。

こんな場面を鮮明に覚えているということは、子どもなりに何か感じるところがあったのだろう。地道に練習を続けているうちにゴールキックの距離が伸び始めた。そして最後の試合では、リードを許す展開の中、後半からゴールマウスを任されたのだ。会心のゴールキックから一点は返したが、追いつくことはできなかった。たとえ負け試合でも、いい思い出になっているのは確かだ。

職員室を出ても教室に戻る気にはなれず、ふらふらと中庭まで来た。

ベンチに腰を下ろし、左手のギプスをにらみつける。何が「愚か者の結論」だ。賢者ならこの状態に希望が持てるとでも言うのか。どう考えてもこれは、絶望的な光景だ。折れたのは小指。落ちたときの手のつき方がまずかったらしい。骨をピンで留める手術が必要だったので、昨日まで三日間入院していた。

ギプスがはずれるまで一カ月、リハビリに一、二カ月かかると言われた。指が元どおりに動くようになるのは、八月からということになる。

鹿踊りというのは、両手で激しく太鼓を打ち鳴らしながら踊る。小指とはいえ、万全な状態でなければばちがしっかり握れない。「十月の県大会に向けて、きっちり治せ」という顧問の花田の言葉が、まだ頭の中で響いていた。

　昼休みはもうすぐ終わる。このまま五時間目をサボろうかなどと考えていると、七夏と亮平が中庭にやってきた。心配して探しにきたらしい。

「わかりやすくたそがれてるねえ」パック牛乳のストローをくわえた亮平が、横に座る。

「お弁当、まだ食べてないんでしょ」七夏は立ったまま訊いた。

「食欲ない」短く告げた。

「そりゃ重症だな。花センは？　やっぱ総文はあきらめろって？」

　小さくうなずく。「もし八月までにリハビリが終わったとしても、練習不足のまま出すわけにはいかねえってよ」

　総文――全国高等学校総合文化祭の舞台は八月一日。顧問の言うことはもっともだ。頭ではわかっていても、気持ちのおさまりは簡単につかない。

「ま、切り替えていくべ」亮平に肩を叩かれる。「俺たちにはまだワンチャンある」

「そうだよ」七夏も言った。「今は無理しないで、来年の総文出場目指して頑張ったほうがいい」

「だから、元気出すべ。そんな顔してると、いつまでたっても立ち直れねーぞ」分別くさく言った亮平が、急に破顔する。「伊藤ちゃんが」

「そっちかよ」

「お、ツッコむ元気はあるな。よしよし」

幸い彼女にけがはなく、一昨日亮平たちと一緒に病院まで見舞いに来てくれた。自分を責めて泣きじゃくるので、「悪いのは前を見ていなかった俺だから」となだめるのに苦労した。

昼休みの終わりを告げるチャイムが鳴った。なかなか腰を上げられないでいると、正面の廊下の窓が勢いよく開いた。見慣れない男が中庭のほうにひょいと顔を突き出す。

「おーい、チャイム鳴ったぞー。教室戻れー」壮多たちに向かって言った。

まだ三十そこそこに見えるのに、レトロな丸眼鏡をかけている。頭はくりくりの天然パーマ。なで肩の細い体に羽織ったカーディガンが、やけにだぶついている。

誰だ、と亮平と顔を見合わせると、七夏が「新任の先生じゃなかった？　ほら、始業式で挨拶《あいさつ》してた」とささやいた。

名も知らぬ新任教師は、何か思い出したように「おっ」と眉《まゆ》を上げ、壮多を見つめて「鹿踊りだぢゃい」と言った。

「はい？」思わず訊き返す。

「君、中立ちやってた子でしょ。こないだの二番庭」

「ああ――」

毎年、四月の始業式のあと、ちょっとした新入生歓迎行事がある。そこで鹿踊り部が踊りを披露するのだ。演舞は二年生部員に任されたので、壮多が真ん中で踊った。二番庭というのはそのときの演目だ。

「やっぱり春日《かすが》流はいいよね。勇壮かつ美麗だ」

となりで亮平が「何者？　やたら詳しいじゃん」とつぶやく。

新任教師はそこで壮多のギプスに気づいたらしく、眉をひそめた。

「どうしたの、その手」

壮多は左腕を軽く持ち上げ、不機嫌を隠さずに答える。

「どうしたって――見たまんまですよ」


終礼が終わると、七夏が声をかけてきた。

「今日から部活はどうするの？　見学？」

「さあ」と投げやりに応じる。「今日は見学って気分でもねーし。お前は、描くの？もし帰るんなら、俺も――」

と言いかけたとき、教室の前のドアから深澤が「佐倉さん」と呼びかけた。壮多が入院している間に花農の制服と黒髪になっている。

「五分待ってて。俺の教科書が届いたみたいなんで、職員室行ってくる」

「わかった」

深澤の背中を見送る七夏に、慌てて質す。

「何だよ、どこ行くんだよ、あいつと」

「三井寺先輩のところ。地学部立ち上げの作戦会議だって」

「おい本気か？　何考えてんだ？　だいたいお前――」

「去年」と七夏がさえぎった。「わたしが花農祭の展示に出した絵、覚えてる？」

「絵？　何の話してんだよ」

「いいから。覚えてない？」

「花農祭のときは――あれだろ？　賢治先生の童話を組み合わせたみたいな」

淡い色合いの幻想的な絵で、確か真ん中に黒っぽい鳥が飛んでいたはずだ。

「うん。『よだかの星』のヨタカのまわりに、いろんなモチーフを重ねて置いた絵。昨日、あれを三井寺先輩に見てもらったの」

「なんであの人に」

「使ったモチーフの中に、『十力の金剛石』に出てくる鉱物でできた植物とか、『グスコーブドリの伝記』のカルボナード火山があったから」

「――ああ」

「三井寺先輩、いろいろ指摘してくれた。この鉱物の描き方は違うとか、火山はもっとこうしたほうがリアルに見えるとか。今思えば、わたしすごくいい加減に描いてた。絵本か、せいぜいネットで集めた画像ぐらいしか参考にしてなかったから」

七夏は制かばんから大切そうに一冊の本を取り出し、壮多の手に取らせた。

「これ、三井寺先輩が貸してくれたの」

分厚い表紙の古ぼけた本で、タイトルは横文字。開いてみると、ページは色とりどりの鉱物や結晶の絵で埋めつくされていた。どれも写真と見紛うほど精密に描かれている。

「素敵でしょ。博物画っていうんだって」七夏は淡々と続ける。「賢治先生も、きっとこんな図鑑を見ながら童話を書いていたと思う。賢治先生の世界を描くのなら、わたしもこういう絵を勉強しなきゃって」

「だからって――」壮多はかすれ声で言った。

「こないだ深澤君が言ってたとおりかもしれない」七夏が眼鏡の奥の瞳《ひとみ》を真っすぐ向けてくる。「地学部でわたしに何ができるか、まだよくわからないけど」


そのままひとり帰る気にもなれず、ふらふらとグラウンドまで来てしまった。

鹿踊り部の練習場所は、体育館わきのスペースだ。そこから少し離れたところで、ひび割れたプラスチックのベンチに座る。

もう基礎練習が始まっていた。ジャージ姿の亮平が壮多に気づいて大きく手を振る。

のん気な顔しやがって。七夏が地学部などと言い出したのも、もとはと言えばお前が余計なことを言ったからだろうが——。そんな悪態をのみ込み、足を投げ出して両手をポケットに突っ込んだ。

スクワットと発声が終わると、三年生たちが腰に太鼓をくくりつけ始める。これから、夏の総文出演メンバーの練習が始まるのだ。壮多のポジションには二年生の山下が入っている。顧問は彼を代わりに出そうと考えているのだろう。

八人が左右に広がり、それぞれの位置についた。中立ちの部長が腰を落としてばちを構えると、うしろの七人もそれにならう。

ダダァスコ　ダンダン——。太鼓の音が小気味よく響き、舞いが始まる。

山下の演舞にばかり目がいく。山下は未経験者として入部したが、一年間真面目《まじめ》に練習に取り組んできた。最近は筋力もつき、壮多から見ても踊りが安定してきている。三年生に混ざっても立派にやれるだろう。

ふと、十月の県大会で山下が中立ちをつとめている光景が頭をよぎった。背中に嫌な汗がにじんでくる。

最悪だ。何もかも——。

いたたまれなくなって腰を上げようとしたとき、うしろで「いたいた」と声がした。紗紀だった。

「あんたのことだから、この辺にいるだろうと思ってさ」ベンチの端に腰かけ、制かばんをひざに置く。

「そっちは、部活はいいのかよ」

「いいんだよ。気楽な茶道部だもん。お茶菓子が出る日なら、絶対行くけどね」

「何か用か。七夏なら三年生のところさ行ったぞ。深澤と」

「うん。そのことで、ちょっとね」

　壮多はうんざりだと言わんばかりに大きく息をついた。

「あたしもちょっと責任感じてんのよ。ほら、転校初日の昼休みに深澤君に声かけたの、あたしだし。まさか七夏まで地学部にって話になるなんて、思いもよらなかったからさ」

「ったく、わけわかんねーよ」

「確かにね。でも――」紗紀が丸顔をほころばせる。「もし深澤君が七夏のことを気に入ったんだとしたら、やっぱりお目が高い。イギリスサンドに引き続き」

「笑いごとじゃねえ」

「あんだけ地味にしてる七夏の良さをすぐ見抜いたってことだもん。やっぱ、モテ男は目が肥えてくるのかねえ。例のバスケ部キャプテンってのも、かなりのイケメンだったんでしょ？」

「じゃなかったら、あんなことになんねーよ」

小学校でも中学でも、七夏は今のようではなかった。生真面目なところはもちろんそのままだが、もっと潑剌《はつらつ》としていた。同級生たちの輪の中で笑っているのが普通だったのだ。

変化が起きたのは、中学三年のとき。七夏は、目立つ女子ばかりが集まっているグループと行動をともにするようになった。本人の意思というよりは、小学校以来の友だちがそこにいたからだろう。

バスケ部のキャプテンから「付き合ってほしい」と言われたのは、夏休みに入る直前のことらしい。七夏が何と言って断ったのか、壮多は知らない。知っているのは、二学期になると七夏がクラスで一人ぼっちになっていたということだけだ。

人づてに聞いた理由は、あきれるほどわかりやすいものだった。グループのリーダー格だった女子生徒が、数カ月前にそのキャプテンにふられていたのだ。カースト最上位から発せられた冷たい波紋が、クラスの女子全体に伝播《でんぱ》したに違いない。七夏と口をきいてはならないという不文律として。

当時となりのクラスにいた壮多は、それを知って一人悩んだ。七夏から話を聞き出して、優しい言葉で励ませばいいのか。あるいは、無理やりにでもそばにいてやるべきか。問題は、周囲にとっては壮多もまた異性だということだった。自分が表立った行動に出ることで、状況が悪化しないとも限らない。

幾夜も考え抜いて出した結論は、「鈍感な幼なじみ」を演じるということだった。何も知らないふりをして、七夏に接する機会を増やしたのだ。

不自然でない頻度でタイミングを合わせ、一緒に登下校する。廊下で見かけたらさりげなく近づき、なるべくがさつに声をかける。七夏が学校で誰ともしゃべらない日がないよう心がけ、七夏がいつも一人でいると皆に思われないよう努めた。それにどれほどの意味があったのかは、正直わからない。

七夏への仕打ちは卒業まで続いたが、そのグループの女子は誰も花巻農芸高校に進まなかった。というより、だからこそ七夏はこの学校を選んだのだ。あの出来事さえなければ、きっと普通科の高校に入っていただろう。

人間関係がリセットされた今も、七夏はまだどこかうつむき加減のままだ。紗紀の言うように、外見もあえて地味にしているように思える。長かった髪は入学前にばっさり切り、コンタクトもやめて大きなレンズの眼鏡に戻してしまった。

紗紀は別の中学の出身だが、こうした事情をよく知っている。七夏本人からではなく、茶道部にいる当時の七夏のクラスメイトから聞いたらしい。

その紗紀が、神妙な面持ちになって続ける。

「あんなことがあって、わざわざ花農に来たのにさ。また同じような目に遭わせるわけにいかないじゃん。深澤君の気持ちがどうであれ、七夏は何も悪くないんだもん」

「――たりめーだ」壮多も心から言った。

「そこでね、一つ名案」紗紀が人差し指を立てて見上げてくる。「今の江口にしかできないこと」

「今の俺？」

「そ。七夏と一緒に、あんたも地学部に入る」

「あ？　何言ってんだ」

「だって」紗紀は壮多の手のギプスにちらと目をやる。「鹿踊り部の練習には当分出られないんでしょ？　だからその間だけでもさ」

「入ってどうすんだよ」

「七夏のそばにいる。深澤君と七夏を無《む》闇《やみ》に二人きりにしない。ついでに、むしろあんたのほうが深澤君と仲良くする。友だちになれば、何かと手を打ちやすいでしょ」

「無理だね。てか、やだね」

「無理とか嫌とか言ってる場合？」紗紀が声をとがらせる。「七夏のためだよ」

5

終礼が終わると、今日も七夏は深澤と一緒に教室を出ていった。その背中を見送りながら、紗紀が壮多に小声で念を押す。

「いい？　化学実験室だよ」

「わかってるよ」

壮多はふて腐れた顔で返し、制かばんをつかんだ。二人のあとについていくのが何となく癪《しゃく》で、わざと遠回りして実習棟に向かう。

後ろのドアから化学実験室に入ると、黒板前の実験テーブルを囲んでいた三人が同時に振り向いた。

「どうしたの？」七夏が驚いて目を見開く。伝えていなかったのだから当然だ。

「ああ、こないだの――」三井寺の目にも警戒の色が浮かぶ。

「後ろで聞いててもいいすか」壮多は三井寺に向かって言った。「今日は邪魔しないんで」

三井寺が困惑顔で深澤のほうをうかがう。

「俺はどっちでも」深澤は素っ気なく言った。「聞かれて困るような話でもないし」

三井寺が「じゃあ……どうぞ」とうなずいたので、壮多は手近な丸椅子《いす》を引き寄せた。七夏はまだ何か言いたげにこちらを見ているが、構わず腰を下ろす。

三人は作戦会議を始めた。

「今日、物理の岩崎先生にお願いしてみたんですが、ダメでした」三井寺が両手でばってんを作る。「これで理科の先生は全滅です。理科系だと、あとは数学ぐらいですか。地学とは離れすぎな気もしますが……」

どうやら、地学部の顧問を誰に頼むかという話らしい。

「農芸の教師はどうすか」深澤が言う。「石はともかく、土は好きでしょ。農業つながりってことで、宮沢賢治も好きかもしんない」

「それは僕も考えたんですが、農芸にも造園にも、フリーの先生が今いないんですよね」

「じゃあ、食品」

「食品ですか。うーん……」

腕組みをして考え込んだ三井寺に、七夏が「あの――」と声をかける。

「賢治先生のことが好きな先生なら、誰でもいいんでしょうか」

「というより、あたってみる価値はあるんじゃないかってことです。花農で地学部を立ち上げる意義に賛同してくれるかもしれませんから」三井寺が眼鏡を持ち上げる。「誰か心当たりでもあるんですか？」

「もしかしたら、ですけど」七夏は遠慮がちに答える。「新任の先生で――」

「ああ、そういえば始業式で挨拶してましたね。若めの男の先生」

「名前も教科もわからないんですけど」

「なのに、賢治好きってことはわかってるわけ？」深澤が不思議そうに確かめる。

「うん、たぶん」七夏は壮多のほうに顔を向けた。「この前、その先生が壮多を見て、『鹿踊りだぢゃい』って言ったんだよ。それって、賢治先生の『高原』という詩の一節なの。そこまで有名な詩じゃないから、詳しいのは確かだと思う」

「へえ、それはなかなか興味深いですね」三井寺が眼鏡を持ち上げる。「今から職員室に行って、探してみましょうか」

　化学実験室を出た三人のあとに、壮多もついていく。

「ねえ、何しに来たの？」七夏が横に来てとげとげしく言った。

「だから、何もしねーって」

「暇なら帰りなよ」

「できたらそうしてえよ、俺も」

　小声で言い合っているうちに職員室に着いた。三井寺が自分の担任をつかまえて、新任教師の情報を聞き出した。名前は芳本《よしもと》。教科は国語で、一年の担任をしているという。教えられたその席まで行ってみるが、姿はない。紺色のカーディガンだけが、椅子にかかっていた。

「何だ、あれ」深澤が机の上を指差した。

書類ケースの前に小さな黒板が立てかけてあって、〈視聴覚室ニ居《お》リマス　真治〉とチョークで書いてある。

「もしかして、『賢治先生の家』の――」七夏が言った。

「パクリじゃん」深澤が半笑いで続ける。

「賢治先生の家」とは、学校の敷地の端にある小さな木造家屋のことだ。宮沢賢治が「羅《ら》須《す》地人協会」として使っていた家を、学校と同窓会が復元したと聞いている。無料で一般公開もされており、花巻の観光スポットの一つになっている。その玄関に、〈下ノ畑ニ居リマス　賢治〉と書かれた黒板が掛かっているのだ。

「この場合は、パクリではなくオマージュというべきでしょうね」三井寺がしたり顔でうなずく。

「どっちにしても、賢治マニア確定じゃん？」深澤は七夏に言った。

そのまま視聴覚室に回ってみたが、ドアには鍵《かぎ》がかかっていた。

仕方なく化学実験室に戻ると、誰かが教室の奥でしゃがみ込み、スチール棚の実験器具を熱心に眺めている。振り返ったその男は、芳本だった。

「行き違いになったみたいだね」芳本は丸眼鏡の奥の目を見開き、四人の顔を順に確かめる。「僕を探してたって聞いたけど、何か用？」

「あ、はい、ええと――」

三井寺は慌《あわ》てて経緯を説明し、顧問を引き受けてくれる教師を探していることを伝えた。今まで何人もの前で繰り返してきたからだろう。順序立った話ぶりだった。

「――なるほど」黙って聞いていた芳本が口を開いた。「確かに地学は、賢治の世界の根幹をなす要素だからね。花農に地学部をというのは、よくわかる話ではある」

「そうなんです！」初めての好感触なのか、三井寺が顔を輝かせる。「僕に言わせれば、なんで今までなかったのかと」

「で、この四人が旗揚げに集まったわけか」芳本が壮多に目を留めた。ギプスを指差して言う。「君は、怪我《けが》が治ったらまた踊るんだろ？　鹿踊り部と掛け持ちするの？」

「いや、俺は――」

「そいつは関係ないすよ」深澤が横から言った。「ただの冷やかしです」

「ああ？」さすがにかっとした。深澤に一歩つめ寄る。「何だその言い方はよ」

七夏が「やめて壮多」と声を上げた。すかさず三井寺が話をもとに戻す。

「今三人ですから、もう二人集めれば。あとは顧問を――」

「うん。それについては二つ問題がある」芳本が真顔で言った。「まず一つ。僕はあくまで国語の教師で、地学に関しては素人《しろうと》だ。学問的な指導はできない。僕に顧問をというのなら、まずは君たちが、自分たちの力でやっていけるということを示してほしい。

ノリだけで始めた部活じゃ困るんだ」

「いえ、けっしてノリだけでは……」三井寺が声を上ずらせる。

　壮多は口の端をゆがめて深澤の横顔をうかがった。芳本の言葉が一番堪《こた》えるはずの深澤は、まるで動揺していない。それどころか、物言いたげで熱のないあの独特な目で芳本を見つめている。

「それから、二つ目の問題」芳本が指を二本立てた。「実は、他にも顧問を頼まれている部活があってね。文芸部なんだけど」

「文芸部？」三井寺が首をかしげる。「そんなのうちにありましたっけ？」

「いや、君たちと同じように、新しく作りたいということらしい。まだ言い出しっぺが一人だけだけど。でも、もし文芸部が実現したら、国語担当の身としてはそっちの顧問を引き受けざるを得ない」

「……なるほど」

　三井寺は肩を落とし、深澤、七夏と顔を見合わせた。

「まあ、文芸部のほうも簡単にはいかないさ」芳本は腕組みをして言うと、あらためて三人に問う。「で、君たちの地学部は、どんな活動をするつもりなの？」

「はい、ひと口に地学といっても範囲が広いですから」三井寺が、気を取り直したように早口で答える。「まずは個人の興味に沿った活動をと考えています。例えば僕は鉱物が専門でして、幼少の頃より鉱物採集に励んでまいりました。県内の主要な採集ポイントはだいたい――」

「うん。だけど」芳本がさえぎった。「各自好きなことをやるだけなら、わざわざ部活動にする必要はないだろう？　今までどおり、趣味でやっていればいい」

「もちろん、全員で取り組むテーマも設定するつもりです。具体的なことは、まだこれからですが……」

「じゃあ、君は？」芳本が深澤に視線を移す。「君は何に興味があるの？」

「まだわかんないす」深澤は平然と言った。

「わからないのに、立ち上げに参加したの？」

「まあ。でも俺、一個アイデアありますよ。この夏休みにみんなでやるテーマ」

三井寺が「え？」と声をもらした。七夏も驚いている。深澤は構わず言い放つ。

「『イーハトーブとは、どこか』」

「イーハトーブって、賢治作品のですか？」三井寺が目を瞬《またた》かせて確かめる。

「宮沢賢治が考えた理想郷のことなんでしょ？　岩手に来たら、看板もポスターも〈イーハトーブ〉だらけ。でも実際、よくわかんないんすよ。どこそれ？　って感じで」

三井寺が「どこって、そりゃあ……」とつぶやいた。

「先生は、わかりますか」深澤は不敵な笑みを浮かべて芳本に問う。「イーハトーブがどこにあるか」

「君——」芳本がわずかに目を細める。「なかなか面白いこと言うね」

じっとやり取りを聞いていた壮多は、ついに腹立ちが抑えられなくなった。こいつはやっぱりバカにしているのだ。何もかもを。

「冷やかしは、おめえのほうだろ」壮多はゆっくり深澤の正面に回った。「所詮《しょせん》はお遊びか。そんなふざけたテーマ、この辺じゃ小学生でも言わねえよ。結局お前は、地学なんかどうでもいいんだ。新しい部活を作るという遊びをやりたかっただけじゃねえか」

「ちげーよ」深澤は動じない。

「違わねえ」深澤にのしかかるようにして言う。「お前ほんとは、三井寺先輩のことバカにしてんだろ。一人で石採りなんかしてる先輩を」

「してねーよ」深澤は目をそらさない。

「バカにしてっから、遊び半分で地学部なんて言えるんだろうが！」

七夏が「いい加減にして！」と引き離しにかかるのを、振り払う。

「それだけじゃねえ。お前は心の中で全部バカにしてる。岩手のことも、花巻のことも、鹿踊りなんかに必死になってる俺のことも、ダセえってな！」

「そう思ってるのは——」深澤は静かに言った。「お前のほうじゃねーの？」

咄嗟《とっさ》に右腕がのび、深澤の胸ぐらをつかんだとき——。

パン、と乾いた音が部屋に響いた。芳本が手を叩いたのだ。

「さっきから何を揉《も》めてるのか知らんが、教師の前で殴り合いなんか始めないでくれよ」

壮多は鼻息を漏らしつつ、深澤のシャツから手を離した。深澤は小さく舌打ちし、シワになった部分をのばす。

「僕はね――」芳本が尻《しり》で実験テーブルにもたれかかった。場を和ませようとしてか、それまでより穏やかな口調で語り出す。

「高校時代、軽音楽部に入ってたんだ。ちょっと意外でしょ？」

芳本と目が合った七夏が、「いえ、そんな、まあ……」と口ごもる。

「でも違うんだよ。軽音楽部の中でも、フォークソング班だった。当時のメンバーは僕と相棒の二人だけ。『紺三郎』というユニットを組んで、七〇年代フォークを歌ってた」

「それって、もしかして――」七夏が上目づかいに確かめる。「賢治先生の『雪渡り』の……？」

その童話なら壮多も覚えている。「紺三郎」というのは、主人公の兄妹を幻燈会《げんとうかい》に招待する子狐《こぎつね》の名前だ。

「うん」芳本は懐《なつ》かしむように続ける。「ロック班の先輩たちに、ウゼえだの消えろだのとゴミ扱いされてねえ。文化祭でもステージには立たせてもらえなくて、空き教室でひっそり演奏したよ。観客は三人。小学生だった僕の妹と、相棒のおばあちゃんと、さだまさしファンの教師。泣けるだろ」

三井寺が「切なすぎます」と小さくかぶりを振った。

「だけど、そんな高校生活を送った僕が、今こうして高校教師をしている。つまり、それでいいってことなんだ」

「いい、といいますと――?」三井寺が首をかしげる。

「甲子園とか国立とかバンドとかダンスとか、そういう青春でなくていいんだ」

芳本は、四人の顔を見回しながら言った。

「部屋にこもってフォークを弾いてる青春でいいんだ。汗だくになって鹿踊りを踊る青春でいいんだ。毎日一人で化石ばっかり掘ってる青春でいいんだよ」

6

「一応確認なんだけど」たまごサンドをほお張りながら、亮平が言った。「あの二人、付き合ってるわけじゃないよな?」

二人というのは、さっき一緒に教室を出ていった七夏と深澤のことだ。三井寺に呼び出されたらしい。

「んなわけないでしょ」斜め前の席で弁当を広げていた紗紀が言った。

「と言いますのもね、今朝となりのクラスの女子三人に囲まれて、訊かれたのよ。『深澤君と佐倉さんが二人でいるところを何度か見かけたんだけど』って」

　紗紀と目が合った。壮多が言葉を探しているうちに、紗紀が真顔で訊く。

「あんた、何て答えたの」

「『新しい部活を立ち上げる相談をしてるらしいよ』って」

「それだけ？」

「『星空を眺めて宇宙のロマンを語り合う部みたいだから、お二人さんがこの先どうなるかはわからないけど』って」

「ちょっと！」紗紀が椅子をがたんと鳴らし、こちらに身を乗り出した。「何適当なこと言ってんのよ！」

「いや、そんな怒んなくても……」その剣幕に亮平がたじろぐ。「向こうも冗談だってわかってんべ」

「世の中にはね、冗談の通じない女もいるし、冗談をほんとみたいに言いふらす女だっているんだよ！　今後、深澤案件でウケ狙いの冗談は厳禁！　わかった？」

「……わかりました」

「じゃあ、罰として購買でパック牛乳買ってきて」

「え、なんで俺が」

ぶつぶつ言いながら亮平が教室を出ていくと、紗紀が問いつめてきた。

「ねえ、なんであんたは一緒に呼び出されないわけ？　二人きりにさせないことが大事ってわかってるよね？　地学部に入る件はどうなってんのよ？」

「入るも何も、まだ部ができてねえ」

「そんなこと言ってると、手遅れになるよ。七夏が嫌な目にあうかもってことだけじゃない。あたしほんとは、あながち冗談だとは思ってないから。さっき亮平が言ってたこと」

「何のことだよ」

紗紀は小さく息をつき、壮多の目をのぞき込んで言った。

「佐倉七夏と深澤北斗が、『この先どうなるかわからない』ってことだよ。江口壮多は、指をくわえて見てるだけでほんとにいいわけ？」

少し遅れて化学実験室にやってきた三井寺が、なぜかうかない表情で言った。

「実はですね、うちのクラスの人間が一人、名前を貸してもいいと言ってるんですよ」

「へえ、よかったじゃないすか」

軽い調子で応じる深澤に、七夏が言う。

「でも、先生たちはそれで納得してくれるのかな」

「そう、そこが心配ですよね」三井寺がうなずいた。「その彼に、たまにでいいからミーティングに出てくれないかと頼んだんですが、面倒だから嫌だと。初めのうちはごまかせても、立ち上げまで一度も顔を見せないとなると、さすがにねえ」

「いいんじゃないすか。いざってときの予備要員ぐらいに思っておけば。あと二人、ちゃんとしたのが来るかもしんないし」

今日も一番後ろの実験テーブルで片肘《かたひじ》をついている壮多を、三人が気にかける様子はない。壮多の頭にも、三人の会話は半分も入ってこなかった。

昼休みに紗紀から投げかけられた言葉を何度も反芻《はんすう》していたからだ。結局何も答えられなかった壮多を見つめる紗紀の瞳は、「臆病者《おくびょうもの》」と言っているような気がした。

しばらくしてドアが開き、芳本が姿を見せた。廊下のほうを振り返り、「いいよ、入ってきて」と声をかける。開け放された出入り口から、一人の女子生徒が顔だけのぞかせた。部屋中を見渡したあと、足場でも確かめるようにそっと中に踏み入れる。

「君たちに紹介したい人がいる」芳本が女子生徒を横に立たせて言った。「一年A組——僕のクラスの生徒で、川端文緒《かわばたふみお》さん」

「川端です」女子生徒はぺこりと頭を下げた。身長は一五〇センチもないだろう。前髪を眉の上で切り揃《そろ》え、顔のつくりも小さいせいで、どこかこけしを思わせる。

「こないだ、文芸部を作ろうとしている生徒がいるという話をしただろう？　彼女がそうなんだ」

「ああ……」三井寺が声を漏らした。七夏と深澤もいぶかしげに顔を見合わせている。

「この川端さんが」芳本が言った。「地学部に入ってもいいと言っている」

「え⁉」三井寺と七夏が同時に声を上げた。

「いや、さすがにわからないんですが……なんでまた、文芸部から地学部に――」三井寺が声を上ずらせる。

「まあ、次善の策といいますか」文緒は切れ長の小さな目を瞬かせた。「文芸部で人を集めるのが難しそうなら、『宮沢賢治研究会』にしようかと思っていまして」

「賢治先生が好きなの？」七夏が訊《たず》ねる。

「はい。小説や童話を書くというよりは、賢治作品の文芸評論がやりたくて」

「そんな相談を受けたものだからね」芳本があとを引き取る。「宮沢賢治研究会ではないけれど、地学部を立ち上げようという話ならあるよ、と君たちのことを伝えると、ぜひ話を聞いてみたい、と」

「わたし、肌が弱いんです」文緒が唐突に言った。「紫外線アレルギーだし、虫に刺されたらかぶれるし。だから、アウトドアは正直無理です」

「いや、いきなりそんなこと宣言されてもさ」深澤が呆《あき》れ顔を作る。「地学がどういうものか、わかってる？」

「文献研究だって、立派な研究だと思います」

「地学の文献研究、ですか？」三井寺が眼鏡を持ち上げる。

「地学と宮沢賢治の、です。例えば――」文緒は少し考えて言った。「かの有名な『銀河鉄道の夜』は、ある日の午後から夜を描いた物語ですよね」

　三井寺と七夏がうなずくのを確かめて、続ける。

「主人公のジョバンニが、学校の授業で教師から天の川の話を聞き、活版所でアルバイトをして帰宅すると、牛乳が届いていない。体の具合が悪い母親のために牛乳屋まで取りに行くのですが、そこでも手に入らない。仕方なく店を出たところ、『ケンタウル祭』のために夜の町に繰り出していた同級生たちに出くわして、北に出稼ぎに行ったまま帰らない父親のことをからかわれてしまう。

　いたたまれない気持ちになったジョバンニは、町はずれの丘に上る。そして、草の上に身を投げ出して星空を眺めているうちに、銀河鉄道の世界に迷い込むわけです。さて、ここで一つお訊ねします」

　文緒は誰にともなく問うた。

「この物語は、何月何日頃の話だと思われますか？」

「季節は夏ですよね、当然」三井寺が皆を見回しながら言った。

「従来の考え方は、そうです。『ケンタウル祭』というのはもちろん架空のお祭りですが、『宮澤賢治語彙《ごい》辞典』によれば、これはヨーロッパで広くおこなわれていた夏至の祭りと日本の七夕が結びついたものかもしれない、とされています。ですが、わたしはその説に与《くみ》しません。賢治がイメージしていたのは、むしろ初秋です」

「そういえば――」七夏が言った。「銀河鉄道の中で、カムパネルラがジョバンニに、『もうすっかり秋だねえ』って言ってなかった？」

「そうです」文緒がこくりとうなずく。「ケンタウル祭では、子どもたちが川に『烏瓜《からすうり》の燈火《あかり》』を流しに行きます。烏瓜が実をつけるのは、秋。秋の季語にもなっている烏瓜を、歌人・俳人でもある賢治が夏至の物語に登場させるとは思えません。少なくとも、立秋――八月七日は過ぎている。もっというと、『ケンタウル祭』というのは、お盆です」

「うん」と芳本があごを撫《な》でる。「烏瓜の燈火は一種の灯籠《とうろう》流しだろうね。盛岡で送り盆にやる『舟っこ流し』がモデルではないかという話も聞いたことがある」

「はい。お盆であればこそ、死者と生者が交わる物語が成立するんです。舞台が八月半ばの夜八時頃だとすると、ちょうど天頂付近にこと座のベガがあって、天の川が真上の空を南に向かって流れ落ちている。ジョバンニが丘の上に寝そべって見た星空と一致します。決定的なのは、ケンタウル祭の夜、子どもたちが『ケンタウルス、露をふらせ』

と叫んで走る、という記述があること。『露』というのは、流星群のことです」

深澤がぴくりと眉を上げ、唇をかすかに動かしたように見えた。何を言おうとしたかはわからない。文緒は気づかずに続ける。

「これは、三大流星群の一つ、ペルセウス座流星群を指しているのではないかという説があります。つまり、『銀河鉄道の夜』というのは、この流星群が極大期を迎える八月十三日前後の物語」

「あ――」七夏がまた何か思いついたように声を発した。「じゃあ、『星めぐりの歌』に出てくる、『オリオンは高くうたひ／つゆとしもとをおとす』というのも――」

「オリオン座流星群のことだと考えられます」

「全然知らなかった」

「ことほどさように」文緒は聞き慣れない言い回しをした。「賢治作品をより深く理解するためには、地学を学ぶことが不可欠なんです。ですから、次善の策ではありますが、地学部ができるのであれば、ひとまずそちらに入ろうかと」

芳本が三井寺たちを見回して、「どうかな」と言った。

「こういう人がいる地学部ってのも、面白いと僕は思うんだけど」

三井寺は、深澤、七夏と小さくうなずき合ってから、答える。

「いい、いいと思います。仲間に入ってくれるのなら、我々としてはもちろん」

「よろしくお願いします」文緒はまたぺこりと頭を下げた。

「これで、問題の一つは解決すね」深澤が片方の口角を上げて芳本を見やる。「あとは――」

芳本は「うん」と言って小脇《こわき》に抱えていた書類の束からノートを一冊抜き出し、三井寺に差し出した。中にたくさんスクラップしてあるらしく、やけに分厚い。薄汚れた表紙に、〈vol.26〉という文字が見えた。

「興味深く見せてもらったよ。鉱物学的なことは僕には評価できないけど、迫力は伝わってくる。独力でこれだけのことをやってきたとは、率直に言って驚いた」

三井寺は両手でそれを受け取りながら、照れくさそうに「恐縮です」と言った。どうやら三井寺の研究ノートらしい。芳本が続ける。

「化学の矢野先生にも見てもらったが、『私の卒論より立派ですよ』と感心していたよ。野外調査に関して、三井寺君が経験豊富なことはよくわかった。自然科学の研究手法についても十分理解しているんだと思う。三井寺君が部長として指導してくれるのなら、素人が顧問でも安心だな」

「てことは――」三井寺が目を輝かせる。

「うん」芳本がうなずいた。「川端さんを引き会わせた責任もあるしね」

三井寺が小さくガッツポーズをし、深澤、七夏と順に握手を交わす。

「だけど、部員をあと一人、だろ？」芳本が言った。

「ええと、それについてもですね」三井寺はどこかぎこちなく応じる。「一応、目処《めど》は立ちそうでして。そのう、どこまで熱心に活動してくれるかは未知数なのですが……」

「ああ」と芳本が首をのばし、教室の後ろの壮多に目を向けてきた。「彼も入る気になったのかい？」

「え？　いえ、そういうことではなくて――」

三井寺が否定する間に、頬杖《ほおづえ》をついていた壮多は体を起こし、短く息をついた。

いずれにせよ、近いうちに地学部は実現してしまうだろう。もう腹をくくるしかなかった。

「――いいすよ」

壮多は投げやりに言った。

「いいすよ。俺も人数に入れて」

7

二車線の道路が橋にさしかかった。柵《さく》の銅板に〈和賀川《わがかわ》〉と刻まれている。

先頭を歩く三井寺が、下の流れをのぞき込む。

「よかった。水は多くないですね」

「現場に着いたら、渡らないといけないんでしょ」洒落《しゃれ》たアウトドアウェアに身を包んだ深澤が言う。

「大丈夫。これなら簡単に渡渉できますよ」三井寺は上流のほうを指差した。「このまますっといくと、錦秋湖《きんしゅうこ》になるわけです」

「だったら、この道も車で通ったことあるのかも」七夏が言った。「子どもの頃、家族で錦秋湖まで栗《くり》拾いに来たことがあるんです」

「栗拾いか」深澤がつぶやく。「俺、やったことないや」

「出ました、都会っ子発言」三井寺が自分で言って笑う。念願の部活動が始まったのがよほど嬉《うれ》しいのか、朝からこの上なく機嫌がいい。

壮多は三人の会話に加わることもなく、最後尾を黙々とついていく。空は腹立たしいほど晴れ渡り、山側から道路におおいかぶさる新緑がまぶしい。

花巻駅から東北本線、北上線と乗り継いで、和賀仙人駅まで一時間。そこからは、谷沿いにくねって続く国道を三十分ほど歩いてきた。目的地は和賀仙人鉱山というところらしい。三井寺発案による、創部記念の鉱物採集だ。

三井寺いわく、「初心者向けの場所ですし、遠足気分で参りましょう」とのことだったので、ギプスの壮多も同行することにした。リュックサックには、弁当と飲み物の他に、部長に指示された持ち物——新聞紙やファスナー付きのポリ袋などを詰めてきた。三井寺だけが大きなザックを背負っている。ハンマーなどの道具を数セット持参しているようだ。

当たり前のように参加を断った文緒は、「お土産期待しています。できれば水晶で」などと涼しい顔で言っていた。

地学部ができたという話は、少なくとも二年女子の間には、あっという間に広まった。いうまでもなく、深澤に関わることだったからだ。

壮多も顧問の花田にはこのことを伝えざるを得なかった。終始首をひねっていた花田からは、「よくわからんが、怪我が治ったらこっちに集中するんだろうな」と念を押された。

今日は土曜日。鹿《しし》踊り部は、市の観光協会主催のイベントで踊りを披露することになっている。壮多は昨日の放課後、その最後の通し稽古《げいこ》を見学した。出演メンバーは二年生が中心で、中立ちは山下だった。

山下の踊りを見て、衝撃を受けた。カシラをつける前から見ていなければ、部長だと勘違いしたかもしれない。それほど堂々とした、立派な演舞だった。三年生に混じって夏の総文に向けた練習を重ねているうちに、自信をつけたのだろう。打ちのめされた壮多は、最後まで稽古を見届けることなく、その場を離れた——。

「あのトンネルを抜けたら、もうすぐですよ」

三井寺が言った。前方に開いた暗い半円の口を指差している。正確にはトンネルではなく、スノーシェルターだ。

前を行く三人が歩みを速める。壮多は一人遅れるのも構わず、天を仰いだ。

何やってんだ、こんなところで俺は——。

青空にぽつんと一つ、綿をちぎったような透けた雲が漂っている。鹿踊りができなくなった自分に、どことなく似ている気がした。

この心もとないような、空虚な感覚は、以前も味わったことがある。父親が家を出て行ったときだ。

父はもともと花巻の人間ではなく、福島の会津若松で生まれ育った。とにかく山が好きで、高校を出たあとは東北のあちこちで林業関係のアルバイトをしながら、気ままに山歩きに興じる暮らしをしていたらしい。

市役所勤めの母とは、北上の夏油《げとう》高原スキー場で出会ったそうだ。小学校以来のスキーで足を捻挫《ねんざ》し、ゲレンデの真ん中で立ち往生していた母を、リフト乗り場でアルバイトをしていた父が助けたと聞いている。

それから半年も経《た》たないうちに二人は籍を入れ、花巻の母の実家で同居を始めた。すぐに姉が生まれて、その三年後には壮多が生まれた。だが、壮多に物心がつく頃には、父の放浪癖がまたぞろ首をもたげてきていたらしい。勤めていた森林組合を辞め、山の仕事を転々とする生活に舞い戻ってしまった。

それでも幼い頃は、父のことが大好きだった。家にいるときは、それこそ全力で目いっぱい遊び相手をしてくれたからだ。季節の変わり目になると父が家で過ごすことが増えるので、春の訪れや夏の終わりが待ち遠しかったのを覚えている。

壮多が九歳か十歳のとき、父は知人に誘われて遠野の山中に小さな木材加工所を作った。オーダーメイドの高級家具店に厳選した木材を提供するビジネスを目論《もくろ》んでいたようだ。花巻にはほとんど帰らず、ずっと山にこもって仕事をしていたが、経営が軌道に乗ることはなかった。そのときに作った借金が、離婚を決定的にしたのだろうと思う。

父が最後に家を出て行った日のことはよく覚えている。中学に上がったばかりの春のことだ。鹿踊りの稽古から帰ってくると、父が荷物を軽トラックに積み込んでいた。装束をくるんだ壮多の風呂敷《ふろしき》包みを見て、父は「お前は、花巻の子だな」と言った。そして、「いつでも来いよ」とごつごつした手で壮多の頭を撫でた。「会いに来る」とは言わなかった。

壮多は無言で父を見送った。悲しいとも寂しいとも感じなかったのは本当だ。父が家にいないのは普通のこと。生活は何も変わらない。そう思っているのに、心と体は不思議な感覚に襲われていた。自分をつなぎとめていたロープがほどけ、ゆらりと宙に浮くような――。

その日以来、父とは一度も会っていない。北海道にいるはずとは聞いているが、それ以上詳しいことは知らないし、母に訊ねようとも思わない。

母は今も市役所で働いている。生活に困ることはないが、裕福ではもちろんない。母の一番の相談相手だった姉は、一昨年家を出て、仙台のホテルに就職した。苦労の多かった母とここ数年病気がちな祖母を置いて、自分まで花巻を離れるということが、壮多には想像できない。

そこにはもちろん、家族を捨てた父に対する反発もある。父の言ったとおり、自分は紛れもなく「花巻の子」だ。山に閉ざされたこの田舎町が、自分の世界のすべてだ。でも、それでいい。夢らしい夢が見られなくても、ときに息苦しくても構わない。父のような生き方だけは絶対にしたくなかった。

花巻の地に壮多を強く結びつけているのは、家族と、鹿踊りだ。鹿踊りがなければ、壮多は自分の現在地さえわからなくなり、一人どこかにはぐれてしまっていたかもしれない。

目の前が、ぱっと明るくなる。いつの間にかスノーシェルターを抜けていた。

道の先で七夏が立ち止まり、遅れた壮多を待っている。壮多は、いいから先へ行けと手振りだけで言った。

七夏は、そう遠くないうちに花巻を去るだろう。大学へ進んで、絵の勉強をしてみたいと言っていたからだ。そのためなら、東京へだって行くに違いない。

外の光を急に眩《まぶ》しく感じて、壮多は目を細めた。


ゴム長靴に履き替えて、ごく浅い流れを向こう岸へと渡る。

河原の先の斜面は、崖《がけ》崩れでも起きたかのように岩と土砂とがむき出しになっていた。そこを指差して三井寺が言う。

「あれは、ズリと言いましてね。鉱山から出た廃石なんですよ。目的の鉱石を採ったあとの残りカスとか、鉱脈にたどり着くまでに掘った土砂とか。僕ら鉱物マニアにとっては、残りカスどころか宝の山なんですけどね」

「てことは、あそこから掘り出すんですか」深澤が確かめた。

「結構たいへんそう」七夏も不安げに言う。

「大丈夫。頑張って掘らなくても、ズリ表面の石とか土の中を探すだけで、何か見つかるはずですよ。今回は鉱物採集の雰囲気を味わうのが目的ですから、気楽にやりましょう」

三人は荷物を下ろし、準備を始めた。三井寺が、ハンマー、大小のタガネ、シャベルなどを地面に並べていく。どれも相当使い込んである。

壮多は一人水辺まで戻り、平たい岩を見つけて腰を下ろした。左手が使えないし、作業に加わる気ははなからない。

三人は斜面のすそを移動しながら、転がっている石を手に取ったり、土くれを指でつぶしたりしている。三井寺の説明は、壮多のところへはほとんど届かない。

やがて三人は、それぞれの道具を手に散らばった。男二人はハンマーを握り、ガレ場を上っていく。眼鏡をかけていない深澤は、三井寺に借りたゴーグルをつけていた。

三井寺がソフトボールほどの岩石を片手で押さえ、ハンマーを振るう。乾いた音が谷間に響いた。深澤もそれを真似《まね》て石を叩《たた》き始めるが、まだ恐る恐るなのか、音が弱々しい。

七夏は斜面の下に残り、シャベルで土をすくっては、小さなふるいに入れていた。しばらくすると三井寺に何やら指示をあおぎ、ふるいを抱えて川のほうへやってくる。

壮多のそばで水際《みずぎわ》にしゃがみ込んだ七夏は、ふるいの底を水につけて言った。

「こんな感じかな」土を水に溶かしながら、ぎこちなくふるいを揺する。

「何やってんだ、それ」壮多はあごをしゃくって訊《き》いた。

「こうやって土を流して、残った小石の中に鉱物を探すんだって」

「どんな鉱物」

「金」

「金？　嘘《うそ》だろ？」

「嘘だと思うんなら、先輩の説明ぐらい聞いてたら？」

冷たく言った七夏は、「それっぽいのはないなあ」とつぶやいて立ち上がり、斜面のほうへ戻っていく。

深澤のハンマーの音が、だんだん力強くなってきた。時おり三井寺と言葉を交わしながら、石を叩いて回っているようだ。

十五分ほどすると、七夏が再びふるいを持ってやってきた。さっきよりたくさん土を盛っている。それを川の中で振り始めた七夏に訊いた。

「あいつは、何探してんだ」

「あいつじゃなくて、深澤君でしょ」七夏は顔も上げない。「水晶だって。中が空洞になってる石があって、そこに水晶が見つかることがあるんだって」

「あいつ、ほんとにそんなもんに興味あんのかよ」吐き捨てるように言った。

「ねえ、壮多――」七夏が手を止め、こちらを見上げる。「わたしのこと、たぶん心配してくれてるんだろうとは思うんだけど。それはもちろん、嬉しいんだけどね。でも、わざわざ地学部に入ったりとか、そんな無理しなくていいから」

「……別に、無理なんかしてねーよ」

「深澤君とは何でもないし、わたしが地学部に入ったのは、純粋に絵のためだよ。もし陰で何か言われることがあったとしても、今度は気にしないし、傷ついたりもしない。自分のやりたいようにやる。わたしもう、中学生じゃない」

壮多は苦い顔のまま七夏を見つめた。やはり七夏は、わかっていたのだ。中学のときに自分がしていたことも、今自分が考えていることも——。

「でも——」つまった喉《のど》から声を絞り出す。「深澤にとってお前は、何でもなくねえかもしんねーぞ」

「適当なこと言わないで」

「お前、ほんとに深澤とどこかで会ったことねえか。あいつが転校してくるまでに」

「また言ってる。ないに決まってるでしょ」

「あいつは知ってたぞ。お前の名前。たぶん転校してくる前から——」

壮多は座席表のことを話して聞かせたが、七夏は「そんなの、何かでたまたまわたしの名前を見ただけでしょ」と怒ったように言っただけだった。

話は終わりとばかりに、七夏がまたふるいを動かし始める。

網から土がなくなると、残った小石を指でならし、「あ」と言って一粒つまみ上げた。

「これ、そうかも」

その五ミリほどの粒は一部がサイコロ状に角ばっていて、確かに金色に輝いている。ちょうどそこへ、三井寺が様子を見に近づいてきた。七夏は小走りで駆け寄り、「見てください」と三井寺の手のひらにその粒を載せる。

「そうそう、黄鉄鉱ですよ」三井寺が小刻みにうなずく。「ちょっと小粒ですが、なかなかいい形じゃないですか」

「なんだ、金じゃねーじゃん」壮多は座ったまま口をはさんだ。

「金は金でも、〝愚者の金〟です」三井寺が目を細める。「金だと早とちりする人がいて、そんな別名があるんですよ。正体は、鉄の硫化物です」

「ほんとにきれいな立方体なんですね」七夏が黄鉄鉱をつまみ取り、目を凝らす。「こんなのが自然にできたなんて、信じられない」

「いえ、むしろ自然のルールに厳密にしたがってできたがゆえに、このような幾何学的な形の結晶になるんですよ」

三井寺は眼鏡を持ち上げ、なぜか誇らしげに言った。

それから一時間ほどかけて、七夏は十個近くの黄鉄鉱を見つけ出した。弁当を食べ終えた今は、河原の石に座ってスケッチブックに鉛筆を走らせている。三井寺に借りたルーペを使いながら、一番立派な結晶をデッサンしているのだ。

その向こうでは深澤がふるいを揺すり、黄鉄鉱を探している。午前中は結局、水晶と呼べるような透明度の高い結晶は見つからなかったようだ。三井寺は一人、さらに上流にある別のズリへと向かった。そこで柘榴石《ざくろいし》の一種を見つけたという情報を、ネットで見たらしい。

壮多はさすがに暇をもてあましていた。だが、今さらズリまで行って石を拾うのも気まずいし、ふるいがけをやってみるとも言いにくい。仕方なく河原をうろついて、目についた大きな石を足で転がしたりしている。

「お！」と深澤が声を上げた。指でつまんだものを示しながら、七夏に歩み寄る。「これって、そうじゃんね？　ちょい形が違うけど」

「わ、ほんとだ」七夏がそれを手のひらにのせ、鼻先に近づけた。「ここ、断面が五角形ぽくない？　先輩が言ってた、十二面体の黄鉄鉱かも」

「マジ？　レアものってこと？」

二人のやり取りを横目に、壮多は思っていた。

深澤は、東京の子だ。今花巻で暮らしていること自体、深澤にとっては長い遠足みたいなものだろう。風の又三郎よろしく現れたのだから、又三郎のように前触れもなく消えるに違いない。

その風が吹き去ったあと、花巻から消えているのは深澤だけだろうか。もしかしたら、七夏の姿も――。

壮多は息をついた。それ以上の想像を振り払うように、つま先に触れたサッカーボールほどの丸い石を足で乱暴にひっくり返す。砂利に半分埋まっているかに見えたその石は、実は半球状に割れたもので、中が空洞になっていた。

空洞の内壁で、何かが光る。よく見ればそこに、砕けた角砂糖のような結晶がいくつもへばりついていた。

8

「水晶玉のように透きとおっているものかと思っていましたが」

美術室の天井に顔を向け、文緒が言った。小指の先ほどの白く濁った水晶を、蛍光灯の光に透かしている。

「いやいや、上等ですよ」三井寺が言う。「ちゃんと六角柱の自形結晶だし、サイズもいいし。江口君のお手柄です」

「気に入らねーなら、無理にもらってくれなくていいぞ」壮多は壁の水彩画を眺めながら言った。

「うん、俺がもらってやる」深澤が口をはさむ。「それが一番でかいんだよ」

「いえ、もちろんわたしのほうで頂戴《ちょうだい》します」文緒には悪びれる様子もない。

七夏はそのやりとりを微笑《ほほえ》んで聞きながら、ルーペ片手に別の水晶のデッサンを続けている。机に並べた四つの結晶は、どれも壮多が見つけた石の空洞から採ったものだ。

美術室に集まることになったのは、七夏の絵を見てみたいと文緒が言ったからだ。このあと化学実験室に移動して、部会を開くことになっている。結局あの部屋が、地学部の活動場所になった。

文緒が七夏のスケッチブックを横からのぞき込む。

「さすがにお上手ですね」

「全然。博物画には程遠いよ。質感の出し方とか、細かい部分の描き込み方とか」

七夏が照れ隠しのようにページを戻していくと、河原とズリの風景のスケッチが現れた。色鉛筆で簡単に着色してある。

「これ、採集現場ですか」文緒が絵を指差して確かめる。「鉱山には見えませんが」

「跡地なんですよ。和賀仙人鉱山の」三井寺が答えた。

「宮沢賢治の水晶といえば、南昌山《なんしょうざん》ですが」さも常識とばかりに文緒が言う。「行かれたことはありますか」

「いや。南昌山というと、矢巾町《やはばちょう》のほうですよね」

「『楢《なら》ノ木大学士の野宿』の中で擬人化されている、山の四兄弟の一つです」

「でも、あの辺りで水晶が出るなんて、聞いたことありませんが……」三井寺が首をかしげる。

「盛岡中学校の寄宿舎で賢治と同室だった、藤原健次郎という人物がおりまして。歳《とし》は賢治より一つ上ですが、週末にはしょっちゅう矢巾町の健次郎の実家に泊まって、二人して南昌山に登ったようです。その際に、水晶などの珍しい石を拾って歩いたと」

「ほんとですか」三井寺が眼鏡を持ち上げた。「それは捨て置けない情報ですよ」

「そこ、高い山なの？」深澤が文緒に訊く。

「標高まではちょっと。一、二時間で登れるとは聞きましたが」

「いいじゃん。次はそこ行きましょうよ」深澤は三井寺に言った。

「ちなみに——」文緒があごをつっと上げた。「その南昌山が、『銀河鉄道の夜』の舞台であると主張している賢治研究家がいます」

「え、矢巾の山が？」七夏が目を瞬かせる。

「はい。ジョバンニが銀河鉄道に乗り込んだ丘だというのです。ケンタウル祭の夜、同級生たちにからかわれたジョバンニは、傷ついて町はずれのその丘に上る。そのとき、丘のてっぺんに『天気輪の柱』というのが立っていましたよね？」

「うん。ジョバンニはその柱の下に寝転がったんでしょ」

「天気輪って何だ？」壮多は二人に訊いた。

「わかりません」文緒があっさり答える。「賢治は何も説明していないので。諸説ありますが、お寺にある石造りの五輪塔、あるいは地蔵車と呼ばれる石柱のことではないかと考えている人が多いようですね。で、南昌山の頂上にも、雨乞《ご》いのために奉納された石柱が立っているんです」

「ほう」と三井寺が声を漏らす。

「さらに、もう一つ根拠が。これは昔から指摘されてきたことですが、先ほどの藤原健次郎こそ、カムパネルラのモデルだというのですよ」

「あ、思い出した！」七夏が声を高くした。「その人がそうか。何かで読んだことがある。盛岡中学校を卒業する前に、病気で亡《な》くなったんだよね？」

「腸チフスだったそうです。享年《きょうねん》十六」

「はあ、そんな若くして……」三井寺が息をついた。

「健次郎は誰もが認める人格者で、賢治は彼を兄のように慕っていたといいます。夭折《ようせつ》した尊敬すべき友人ですから、カムパネルラと重なる部分は確かにある。南昌山は、ジョバンニこと賢治と、カムパネルラこと健次郎の聖地だというわけです」

「なるほどねえ。納得しちゃいましたよ」

感心して言う三井寺に、深澤が口の端を歪《ゆが》めて一瞥《いちべつ》を投げる。かすかにかぶりを振っているように、壮多には見えた。

「納得ですか」文緒がわずかに頬を緩める。「でも、天気輪の丘の候補地は、他にもあるんですよ。例えばある研究家は、種山《たねやま》高原の物見《ものみ》山《やま》を挙げています。賢治の『病技師〔二〕』という詩に、『あへぎてくれば丘のひら、地平をのぞむ天気輪』という一節があるのですが、この『丘』は物見山のことだといわれています。そして、物見山の頂上には、一等三角点があるのです」

「三角点って、どういうのだっけ」七夏が小首をかしげる。

「測量に使う基準点ですよ」土木造園科の三井寺が答えた。「ほら、小さな石の柱で、てっぺんに十字の切り込みが入ってる」

「ああ、地面に埋まってるあれですか」

「で――」と文緒が先に進める。「丘の上でジョバンニが銀河鉄道の世界に入り込んでいくとき、天気輪の柱が『三角標』の形に変わっていきますよね。三角標というのは、昔、測量をする際に三角点の上に建てたやぐらのことです。四角錐《すい》に木材を組んで、てっぺんに旗を立てる。高いものだと三十メートルもあったそうです」

「うーん、なるほど」三井寺が腕組みをしてうなった。「そっちの説もなかなかの説得力ですねえ」

「わたしは、物見山に一票かな」七夏が言った。「賢治先生の作品には、種山高原がよく出てくるし。『種山ヶ原』とか、確か『風の又三郎』の舞台もそうだよね」

「といわれていますね」文緒がうなずく。

しばらく黙っていた深澤が、「なんつーかさ」と口を開いた。

「説というより、こじつけじゃん、どっちも。南昌山ってとこにあるのは雨乞いの石柱で、天気輪じゃない。物見山ってとこにあるのは三角点で、三角標じゃない。まったく納得できないね」

苛立《いらだ》ちさえにじんだその口ぶりに、三井寺と七夏が表情を硬くする。さっきまで笑顔だった深澤が、なぜ急に――。壮多にも解せない。

「おっしゃりたいことはわかります」文緒は顔色一つ変えなかった。「そもそも、天気輪の丘が実在する一つの場所に比定できるという前提が間違っているのかもしれません。ただ、賢治の心象風景のもとになった土地がいくつかあるのだとしたら、それらをすべてつきとめたいと願うのは、わたしたち賢治研究家にとって当然のことです」

深澤はそれ以上反論せず、冷めた口調で「ま、そうかもしんないけど」とだけ言った。

腕時計に目をやった三井寺が、ことさら明るい声で告げる。

「さて、そろそろ移動しましょうか。もうすぐ芳本先生も来るはずです」

七夏が机の上を片付け始めると、文緒がそのそばに近づいて訊く。

「で、今描かれている油絵というのは、どちらに?」

「あ、そっか。まだ見せてなかったね。壮多、ちょっと手伝って」

七夏について部屋の隅へ向かう。イーゼルに置かれたキャンバスが、重なるようにいくつも並んでいる。そのうちの一つを引っ張り出し、文緒のほうに向けた。

「これは――岩手軽便鉄道ですね」文緒は一目で言い当てた。

「うん。鉄道の資料はそれなりにあるんだけど、大正時代の北上川の風景がよくわからなくて、ちょっと苦労してる」

「雰囲気はよく出ているのではないでしょうか。ただの素人《しろうと》の意見ですが」

「そうだといいんだけど」

まだ手つかずのキャンバス上半分を指差して、文緒が確かめる。

「これ、夜の絵ですよね？　ここは星空にするんですか？」

「夜というか、日が沈んだすぐ後の空にしたいの。西の端にはまだ夕焼けの名残があって、こっちは暗い夜空に変わる直前の空。夜になりかけの空の深い青が、なかなか決まらなくて」

「『薤露青』ですね」

「カイロセイ？」

「賢治の詩ですよ。薤露というのは、ニラの葉にたまった露のことで、命のはかなさを表す言葉です。薤露青は賢治の造語ですが、闇《やみ》に閉ざされる寸前にだけ見られる空の青を意味しているそうです」

「そうなんだ。その詩、読んでみたい」

「賢治の詩集は何かお持ちですか」

「全集なら家にあるよ。うちのお父さんが気まぐれに古本屋で買ってきたものだから、だいぶ古いけど」

「だったらそこに収録されているはずです。『銀河鉄道の夜』のモチーフにもなった、重要な詩ですから」

西日を正面に受けながら、三人で自転車を押して歩く。

高校と国道とをつなぐこの道は、草地を突っ切るようにのびている。左側に続くフェンスの向こうは花巻空港の敷地、右に広がるのは田植えを終えたばかりの田んぼだ。

今日は夏の暑さだった。壮多は上着はもちろん、ネクタイまではずしてしまっている。明日からは夏服なので、シャツの袖《そで》もまくらなくていい。

前を行く七夏が、「そういえば」と横の深澤に訊いた。

「部会のあと、芳本先生に何かもらってなかった？　書類みたいなの」

「ああ、大学の先生が書いた論文だって。〝イーハトーブ問題〟について」

「イーハトーブ問題？」

「うん。中身はまだ全然わかんないけど」深澤の様子はもういつもどおりに戻っている。

「それって、こないだ深澤君があんなこと言ったからかな。イーハトーブとはどこのことなのかって」

「たぶんね。そこまで難しくないから、とにかく一回読んでみろって」

「そうはいっても、きっと専門的だよね。論文だもん」

「賢治の作品についてもいろいろ書かれてるんだろうけど、最大の問題は、うちには宮沢賢治全集なんかないってこと。おばさんもおじさんも、本読まない人だし」

七夏の後ろ姿が、ほんの一瞬固まった。深澤が家庭のことを話すのは初めてだ。

「深澤君は――」七夏はさりげない調子で確かめる。「おばさんの家で暮らしてるんだ」

「うん。母の姉さん」

「てことは、お母さんももともと花巻の人なの？」

「いや、盛岡。おじさんが岩手の銀行に勤めててさ。去年、花巻支店の支店長になったんで、夫婦で盛岡からこっちに引っ越してきたんだよ。二人には子どももいないし、花巻が気に入ったらしくて。俺はそこに居候《いそうろう》」

「じゃあ、東京には――」

「母がいるよ」

深澤はそこでいったん口をつぐんだ。父親のことも、自分が花巻に来た理由も説明する気はないようだ。何か複雑な事情があるらしいということは、壮多にもわかる。七夏は話の方向を変えた。

「家は、どの辺？」

「松園町」

「松園町……花巻駅の向こうだっけ？」七夏がこちらを振り向いて言った。

「もっと北だ」壮多はつっけんどんに答える。「花巻球場の辺りだべ」

「二人の家は、近所なんだよね」深澤が七夏と壮多を見て言った。「親どうしも仲よかったりすんの？」

七夏と顔を見合わせる。適当に答えろと目だけで伝えた。

「そうだね。うちのお母さんと壮多のお母さんは、すごく仲良しだよ。同い年だし、気が合うみたい。壮多のお母さん、しょっちゅううちに来てお茶してる」

「迷惑だったらそう言ってやれって、おばさんに言っといて」壮多は言った。「うちの母ちゃん、空気読めねえとこあっから」

「迷惑なわけないじゃん。うちのお母さん、そばに話相手がいないとダメな人だから。今は逆にありがたいよ。わたしはそこまで付き合ってあげないし、お父さんはベトナムだし」

「ベトナムって、仕事？」深澤が訊く。

「うん。一年間、向こうの工場で技術指導だって。来年の春まで、お母さんとわたしの二人暮らし。深澤君は——」七夏はやや遠慮がちに訊ねる。「兄妹とかいるの？」

「いや」深澤は前を向いたまま、まぶしそうに目を細めて答えた。「そっちと同じ、一人っ子だよ」

9

「お、ギプスはずれてんじゃん」

教室に入ってくるなり、亮平が目ざとく見つけた。自分の机にかばんを投げ置き、壮多の席までやってくる。

「せいせいしたわ」壮多は左手首を握って言った。「でも、小指は全然曲がらん。無理に曲げようとすると痛い。今週からリハビリじゃ。筋トレも始めねーと」

「やっぱ、左手だけ生っ白くなった気がすんね。てかお前、また焼けてない？」上腕とのコントラストを見て言う。

「昨日、山登りさせられたんだよ」

壮多が忌々《いまいま》しげに吐き捨てると、斜め前の席から紗紀と七夏が話に加わってきた。

「地学部の活動だってさ」紗紀が訳知り顔で言う。

「どこの山よ？」亮平は二人に訊いた。

「矢市のほうの、南昌山って山」七夏が答える。「水晶を採りに行こうって。あ、わたしは行けなかったんだけど。ていうか……前日までは行くつもりだったんだけどね」

「何かあったの？」

「お母さんが、登山はダメだって」

「え、ひょいっと登れる山なんじゃないの？」

「そうなんだけど」七夏は小さくかぶりを振った。「うちのお母さん、昔から変なの。極端な山嫌いっていうか。小学生のときも、登山遠足は一度も行かせてもらえなかったし。前回みたいに、川へ行くって言えばよかった」

「変なところで過保護だよねえ」紗紀が可笑《おか》しそうに言う。「そんなわけで、石オタクの部長さんと、深澤君と、江口の三人で行ったんだって」

「何だその組み合わせ。共通点ゼロかよ」

「ウケるでしょ」

「お前がウケんな」

壮多は紗紀をひとにらみし、その目を七夏に向ける。

「今日の部会のこと、聞いてるか？」

「うん、夏休みの研究テーマの話でしょ」

「全員集合だってよ」まだ登校してきていない深澤の席を見やる。「あいつと部長とで考えたことを発表するらしい」

「あの二人、ここんとこ毎日化学実験室にこもってたみたいだもんね。資料とか地図とかいっぱい広げて」

「嫌な予感しかしねえ。面倒なこと言い出しそうで」

「へえ、深澤君、結構マジなんだ」亮平が言った。「人は見かけによらないもんだね」

七夏はうなずき、「もしかしてだけど――」と続けた。

「深澤君って、星とかのこと、ほんとは詳しいんじゃないかな」

「星？　なんでだよ」壮多が訊く。

「こないださ、みんなで実習棟の倉庫とか理科準備室とか漁《あさ》ったじゃない。何か地学部で使えそうな物はないかって。あのとき、わたしと深澤君で古い天体望遠鏡を見つけたでしょ」

「昔の測量器具の中に混じってたってやつか」

「深澤君ね、望遠鏡をあちこち触って、『壊れてはいない。部品も全部ついてる』って言ったんだよ。すごく慣れた手つきだったし、わたし驚いて。『詳しいの？』って訊いたら、『子どもの頃から、家にあったから』って」

そのとき、前のドアが開いて、本人が入ってきた。四人に真顔で見つめられて、深澤は訝《いぶか》しげに眉《まゆ》をひそめ、「何？」と言った。


化学実験室の照明が半分落とされた。スクリーンのわきに立った三井寺が、ノートパソコンを操作して最初のスライドを映す。

〈花農地学部　夏の合同研究テーマ（案）
『イーハトーブとは、どこか？——宮沢賢治の地学的世界をめぐる』〉

三井寺は指示棒を勢いよく伸ばし、タイトルを大きな声で読み上げた。いつにも増して気合が入っているらしい。

「まず初めに——」眼鏡を持ち上げて告げる。「川端さん以外はご存じだと思いますが、これはもともと深澤君のアイデアです」

最前列に控えている深澤は、とくに表情を変えない。三井寺が続ける。

「僕も最初は、そりゃあ岩手のことに決まってる、と思いました。岩手県民の常識といいますか。ところが後日、あらためて芳本先生に相談したところ、意外にも『あれは面白いテーマになるかもしれない』と。聞けばなるほど、とても奥の深い問題であると同時に、我が花農地学部の旗揚げにふさわしい研究テーマだという考えにいたりました。それから、先生にいただいた資料や論文をもとに、深澤君と検討を進めてきたわけです」

壮多の向かいに座った芳本は、腕組みをして聞いている。余計な口をはさむつもりはないらしい。

「僕がこれから説明する案は、あくまで叩き台です。のちほど皆さんの意見を聞かせてください」三井寺が皆を見回した。「質問があれば、適宜どうぞ」

「では早速ですが、一つ」と文緒が手を挙げる。「『注文の多い料理店』の新刊案内チラシについては、どうお考えなのでしょうか。つまりそこには、イーハトーブとは〈ドリームランドとしての日本岩手県である〉と明記されているのですが」

　芳本がにやりとすると同時に、七夏も言う。

「それに、昔『岩手』を『イハテ』と書いたのが由来だって、どこかで――」

「はい」三井寺は動じない。「イーハトーブが岩手を中心に構想されたことは、間違いないでしょうね。ですが、『注文の多い料理店』のチラシは、おもに岩手県内の書店に配布されたものだそうで、その文言も県民ウケを狙《ねら》った売り込み文句に過ぎないのではないか、という説があるんですよ」

「あとでその文献を教えてください」文緒はメモを取りながら言った。「お断りしておきますが、わたしもイーハトーブが岩手に限定されるとは考えていません。ただやはり、定説を無視するわけにもいきませんから。どうぞ、先に進めてください」

「では」と三井寺はパソコンのキーを押した。「ここからの話はおもに、米地文夫先生という地理学者の学説にもとづいています」

　二枚目のスライドには、〈賢治の童話にみる「イーハトーブ」の地理的範囲〉とあり、童話のタイトルが三つ並んでいる。

「意外かもしれませんが、賢治先生のたくさんの童話の中で、イーハトーブという言葉が登場するものはたった五編しかないんです。そのうち、ここに示した三編には、イーハトーブの地理的範囲について手がかりが書かれています。まずは、『ポラーノの広場』」

　スライドが変わり、童話のあらすじと抜粋した一文、東北地方全体の地図が映し出された。三井寺は指示棒を振りながら説明する。

「作中に、〈一番の汽車でイーハトーヴォ海岸の一番北のサーモの町に立ちました。その六十里の海岸を〉とあります。六十里、つまり二四〇キロですから、イーハトーヴォ海岸というのは三陸海岸のことでしょう。モリーオこと盛岡から汽車で行けるその北端の町サーモは、おそらく八戸の鮫《さめ》港。したがって、イーハトーブには少なくとも青森と宮城が含まれることになるわけです」

「賢治は〈イーハトーヴォ海岸地方〉という表現も使っていますが――」文緒が言った。

「三陸地方ということでいいとわたしも思います」

　三井寺はほっとしたようにうなずき、スライドを進める。

「続いて、『毒蛾《どくが》』という童話。これには、〈イーハトブ地方への出張から帰ったばかり〉の文部局の役人が登場して、〈イーハトブの首都のマリオ〉が〈こゝから三百里も北〉にあると言っています。文部局が東京にあるとすれば、その三百里北は北海道にかかってくるわけで――」

「待ってください」文緒が手を挙げた。「マリオは先ほどのモリーオと同じで、盛岡のことですよね？」

「そうですね。そこは確かに矛盾しているというか、解釈が難しいというか……」

　口ごもった三井寺を見て、深澤が口を開く。

「大事なのはさ、賢治の頭ん中のイーハトーブが、思ったよりずっと北まで広がってるってことじゃない？」

「まあ、その可能性は否定しません」文緒が言った。「賢治作品には北海道のイメージも色濃いですし」

　三井寺は深澤と一瞬視線を交わし、説明を再開する。

「そして、最も重要なのが、有名な『グスコーブドリの伝記』です。〈イーハトーブ火山局〉という、わくわくするような設定のファンタジーですけれども、その中に〈イーハトーブ全体の地図〉についての記述があるんです」

　次のスライドには、北関東から北海道までをカバーする地図が載っていた。

「〈まん中を走るせぼねのやうな山脈と、海岸に沿つて縁《へり》をとつたやうになつてゐる山脈〉というのは、いうまでもなく、奥羽山脈と北上山地のことですね。さらに、〈イーハトーブのまん中にあたるイーハトーブ火山〉とありますが、これは素直に岩手山でいいでしょう。問題は南北方向への広がりですが、南端についてはヒントがあります。

〈南の方の海岸にある火山〉、サンムトリ火山です」

「それがヒントになり得ますか？」文緒がまた口をはさんだ。「サンムトリ火山のモデルとされているのは、まず第一に、エーゲ海のサントリーニ火山。日本に候補を探すとすれば、大正噴火を起こした桜島でしょう。もし桜島が南端にあたるのなら、イーハトーブ＝日本ということになってしまいますよ」

「まあまあ、続きを聞いてください。米地先生は、モデルとなった火山がもう一つあると指摘しているんですよ」

三井寺はその位置を指示棒で示した。福島は猪苗代湖《いなわしろこ》のすぐ北だ。

「磐梯山《ばんだいさん》です。この火山は明治二十一年の噴火で岩屑《がんせつ》なだれを起こし、五百名近い犠牲者を出しました。明治以降の火山災害では最悪の被害ですから、それが賢治先生の頭になかったとは考えにくい。

この噴火では、山体の三分の一にあたる小磐梯が北側に崩壊して消滅しました。『グスコーブドリの伝記』の中でも、火山局の老技師が〈今度爆発すれば、多分山は三分の一、北側をはねとばして〉と、まるで磐梯山を想定したような噴火予測を立てているんです。いかがですか？」

「うーん、海のそばでないことが気になりますが」文緒が眉を寄せた。

「海はないけど、でかい湖に面してるじゃん。猪苗代湖」深澤が言う。

「湖——」文緒は渋い顔のままつぶやいた。「ちょっと強引な気はしますが、とりあえず、磐梯山の重要性は理解しました」

「ありがとうございます。というわけで」三井寺が声を高くする。「岩手山にコンパスの針を置いて、福島までを含む円を描くと、こうなります」

　パソコンのキーが叩かれ、地図上に赤い円が現れた。その弧は南端で福島県と関東地方の境界を通り、北端で札幌を横断している。

「イーハトーブとはすなわち、東北全域から北海道の道南に及ぶ地域である——この仮説を、僕たちは支持します。そして、我が花農地学部は、夏休みをかけてこの仮説を検証する」

　壮多はたまらず大きく息をついた。聞くからに面倒くさそうな話だ。芳本が物言いたげな視線を向けてくるが、黙って目をそらす。

「検証って、どうやって……」七夏も見るからに戸惑っている。

「いや」と三井寺が破顔した。「表向き、そういう言い方のほうがカッコいいでしょ。実際は、この仮説を前提とした巡検をしようという提案ですよ」

「巡検？」

「地学や地理学でいう実地調査のことです。賢治先生ゆかりの地学サイトを旅してまわる。地質調査や鉱物採集はもちろん、天体写真を撮るのもいいし、地理や地形をイラストにしても面白い。それぞれ興味のあることを小テーマにすればいいと思うんです」

三井寺は指示棒でスライドの地図を示した。

「花巻をスタートし、北上山地をまたいで、宮古に。そこから盛岡を経て、岩手山方面を踏査。あわよくばそのまま青森に入り、十和田へ――」

「まさか、北海道まで行くんですか？」七夏が眉を持ち上げる。

「いつかはね。今年がダメなら来年。来年がダメなら再来年。宮城や福島だってまわらなきゃならない。僕は今年限りですが、せっかくできたこの地学部には、何年かけてでも宮沢賢治の地学的世界マップを完成させてもらいたいんです」

「で、今年はそれに何日かけんだ」壮多は後ろから低い声を響かせた。皆が一斉に振り返る。

「二週間はかけたいところですが、具体的なことはこれから話し合っていきましょう」

「部長と俺はもちろん全行程参加するけど」深澤が言い足す。「他の人は、来られる範囲でってことでいいんじゃない？　キャンプもするし、女子はとくに」

ため息をついて七夏のほうをうかがう。深澤の言葉にほっとしているようだ。

「さて皆さん、どうでしょうか。この案は」三井寺があらためて訊いた。

「体力とか、心配なことはありますけど」まず七夏が応じる。「スケッチ旅行だと思えば、楽しそうかなって。地形をイラストにするとかなら、わたしにもできそうだし」

「川端さんは、いかがです？　参加は難しいかもしれませんが——」

「わたしのことはさておき、計画全体として、やや無謀な印象は拭《ぬぐ》えませんね」文緒は平然と言い放った。「巡検は長期戦になるようですが、兵站《へいたん》はどうするおつもりですか」

「兵站、といいますと？」

「補給、調達、連絡です」

「ああ、そこら辺もこれから検討を——」

「だったらわたしが担当しますよ」文緒は躊躇《ちゅうちょ》なく言った。

「本当ですか！」三井寺の顔が輝く。

「それ以外の時間は、図書室でイーハトーブ論でも書くことにします。一つ、あたためていたアイデアがあるので」

「ほう、それは楽しみですねえ」笑顔になった三井寺が、眼鏡に手をやって首をのばす。

「江口君も、賛成してもらえますか」

壮多は口の端をゆがめ、鼻から息をもらした。賛成も反対もない。

「——いいすよ、俺は何でも」捨て鉢になって言った。「テント運びでも薪《たきぎ》集めでも、言われたとおりにやりますから」

「じゃあ僕は、差し入れでも担当しようかね」

芳本がやっと口を開いた。丸眼鏡の奥の目を細めて続ける。

「いい計画になりそうじゃないか。確かに、高校地学部の中には、プロ顔負けの研究をしているところもあるかもしれない。だけど、部長以外は顧問まで素人の地学部にとっては、これ以上ないテーマだと思うよ。賢治先生がいたこの花農で地学部が活動する意味を、みんなに知ってもらうためにも」

「――そうですよね」三井寺がどこかさびしげに言った。「知ってほしいです、本当に」

10

「うー、あぢい」となりの亮平が右手で顔をあおいだ。

小さな窓は全開にしてあるが、全校生徒が集められた体育館の空気が動く気配はない。梅雨入りした空からは霧のような雨が舞い落ちてくるばかりだ。膝《ひざ》を抱えて座っているだけなのに、にじみ出る汗でワイシャツが肌に張り付いていく。

終礼後の臨時全校集会ということで、皆落ち着きがなかった。はやく部活に行きたくてうずうずしているのだ。

最近目につく校則違反や近隣住民からの苦情についてなど、今しなくてもいい説教を二十分も続けていた生活指導の教師が、ようやくマイクを生徒会長に返した。

ステージ下に置かれた長机には、五人の生徒会執行部メンバーが並んで座っている。

三年生の生徒会長が立ち上がり、マイクの頭を軽く叩いてから切り出した。

「えー、今日は急遽《きゅうきょ》集まっていただくことになり、申し訳ありません。今年の花農祭について、生徒会から皆さんにお伝えしておきたいことがあります。ご存じのとおり、今年はまだ、花農祭実行委員会が立ち上がっていません。六月下旬になっても一、二年生の有志が集まらないというのは極めて異例のことで、例えば去年の場合ですと――」

あとは好きにやれとばかりに、教師たちが体育館を出て行く。花農祭はあくまで、生徒たちが一から企画し、学校側と交渉しながら開催するというのが伝統なのだ。

「もう、なしでいいって。今年は」亮平が言った。

「――うん」壮多は気のない返事をする。

教師たちの姿が消えたせいで、館内に響くざわめきがだんだん大きくなっていく。いらついたような声も混じっていた。

「さっさと終わらせねーと、マジで暴動起きんじゃね」亮平が薄ら笑いを浮かべる。

「お前、『僕がやります！』って言えよ。すぐに終わんぞ」

生徒会長はあせり始めていた。「ちょっと静かに！　静かにしてください！」と一層声を高くする。

「そんなわけで、今後の可能性としては、二つ。一つは、今年の花農祭開催を断念する」

端のほうで数人が拍手した。生徒会長はそちらをひとにらみし、続ける。

「二つ目は、異例ではありますが、我々生徒会執行部が主体となって実行委員会を立ち上げる。ただしこの場合も、最低でもあと十人程度の有志がそこに加わってくれないと、開催は不可能です。そして、九月に花農祭をおこなうためには、遅くとも――」

体育館はますますざわついて、生徒会長の声がかき消された。誰もが好き勝手なことをしゃべり始めている。

そのときだった。

「ちょっといいですか！」と、後ろで誰かが大声を上げた。

振り返って見れば、三井寺が右手を高く挙げたまま、起立している。館内は一瞬にして静まり返った。

「三年の三井寺といいます！　去年の花農祭で、実行委員をしていました！」全校生徒の視線を一身に浴びながら、三井寺は正面を見据えて言った。

「あんなのいたっけ？」亮平が首をかしげる。

「え！　例の石オタク？」

「部長だよ、地学部の」

とはいえ壮多も、三井寺が去年の実行委員の一人だったとは知らなかった。

「実行委員は、確かに大変です。面倒なことも多いです。でも、やってよかったと心から思っています。花農祭を通じて、クラスが一つにまとまることだってあります。文化系の部活の中には、花農祭で発表することを一つの目標にしているところもあるはずです」

　マイクもなしにしゃべり続ける三井寺の声は、はっきりと届いた。全員が口を半開きにしたまま、あっけにとられているからだ。

「一番うれしかったのは、就職や受験で忙しいはずの去年の三年生たちに、うちのクラスも企画を出してよかった、最後にいい思い出ができた、と言ってもらえたことです。今自分が三年生になって、わかりました。僕たちは、待ってるんです！」

　三井寺は、壮多ら下級生がいるほうに顔を向け、声を張り上げる。

「一、二年生諸君には、僕ら三年生を、花農祭に引っ張り出してほしいんですよ！」

　言い終えたあとも静寂が続き、生徒会長さえ反応できないでいると、三井寺は「以上です」と小さく言ってその場に座った。

　不思議な空気に包まれたまま、それから十分ほどで集会は終わった。生徒会長が最後に告げたのは、これから一週間だけ実行委員の有志を募り、開催の可否について結論を出すということだった。

　校舎へと戻る渡り廊下でも、壮多は三井寺のことを考えていた。

　あの人は去年、なぜ実行委員に手を挙げたのだろう。いったいどんな気持ちで裏方の仕事をしていたのだろう。本当は、自分も何か発表する側として夏休みを過ごしたかっただろうに――。

横を歩く亮平が言う。

「それにしても、おたくの部長、やっぱ相当だね」

「相当、何だよ」

「相当の変わり者。みんな引いてたっしょ」

「引いてねーよ、俺は」

強い調子で言いすぎたのか、亮平が驚いて見上げてくる。

「確かにあの人は普通じゃない」壮多は続けた。「普通だったら言えねーだろ、全校生徒の前であんなこと。お前、言えるか？」

「ご冗談を」

「よっぽどのことがないと、よっぽど熱い何かがないと、言えねーじゃん」

壮多の中で、三井寺を見る目が変わり始めていた。

丸二日降り続いた雨も、朝には上がっていた。

自転車で家を出て路地をわたると、佐倉家の玄関にちょうど七夏の姿が見えた。七夏が車庫から自転車を押して出てくるのを待ち、並んで歩き始める。

七夏はどこか浮かない顔で、おはようとも言わなかった。代わりに、眼鏡を持ち上げて訊《き》いてくる。

「リハビリは、どう？」

「まあまあ」小指を軽く曲げて言う。自力でも少しは曲がるようになった。「あと一カ月は真面目《まじめ》に通えってよ」

「てことは、夏休みに入る頃には、だいたい良くなってるのかな」

「まあ、自分でリハビリできる程度にはなってるだろうって」

順調に回復したところで、総文に出られるわけではない。壮多は小さく息をつき、話題を変える。

「巡検のこと、何か決まったか」昨日も地学部の集まりがあったのだが、壮多は病院に行っていて出られなかった。

「うん、前半は固まってきたよ。まず北上山地をまわるでしょ。学校を自転車で出発して、最初の目的地は早池峰山《はやちねさん》。蛇紋岩《じゃもんがん》っていう石を見るんだって。そしたら遠野街道を南下して、種山高原に向かう」

「ずっとチャリでか？　結構距離あるだろ」

「三井寺先輩は中学生のとき、花巻から種山高原までママチャリで行ったって」

「あの人のやりそうなことだな。で、そこでは何すんの」

「『風の又三郎』の舞台をめぐったり、例の物見山に登ったり」

「ああ、『銀河鉄道の夜』の丘かもって場所か」

「うん。そのあとは一気に三陸海岸まで出る。鱒沢《ますざわ》駅から電車を乗り継いで、宮古まで」

「ちょっと待て。自転車はどうすんだ？」

「文緒ちゃんのお父さんが鱒沢駅まで来て、トラックで回収してくれる」

「なんであいつの父ちゃんがそんなこと」

「お父さん、農協に勤めててね。トラックに資材を積んで、毎日県内を走り回るような仕事をしてるんだって。今度の計画のことを文緒ちゃんから聞いて、何だかすごく感心したみたいで。自転車の運搬だけじゃなくて、文緒ちゃん担当の補給・調達係も手伝わせろって張り切ってるらしいの」

「サービス満点だな」

「そだね」七夏はにこりともせず、続ける。「宮古ではまず浄土ヶ浜を見て、海沿いに北上しながら白亜紀の地層を見たり、化石を採ったりするんだって。そしたら今度は、山田線で西に戻って、区界《くざかい》駅ってところまで行く」

「区界なんて聞いたことねーな」

「そこは早池峰山の北側でね。蛇紋岩でできた山があったり、水晶が採れる場所があったりするみたい」

「また水晶か」

「そこで前半終了。八日ぐらいかかるだろうって。後半は、奥羽山脈側のエリア。小岩井から入って、北に進んでいく感じ。メインは岩手山だけど、つめるのはこれから。ゴールだけ決まってて、八幡平《はちまんたい》だって」

「八幡平——もう青森だな」

字面からはイメージしにくいが、「八幡平」というのは山の名だ。山頂がある八幡平市は青森県と接している。ふと疑問に思って、壮多は訊いた。

「宮沢賢治といえば岩手山、てのはわかるけど、八幡平もそうなのか？」

「賢治先生ゆかりの、といえるほどの地学スポットはないみたい。でも、深澤君がどうしても行きたいって言ってるんだよ」

「なんで」

「見たい景色があるとかって」

「一人で行けよ」思わず舌打ちした。

「とにかくそんな感じで、最後は山歩きばっかりになるから、大変みたいだよ」

七夏が暗い顔で言って、ため息までついた。やはり様子がおかしい。

「何だよ。自信ねえなら、そっちはやめときゃいい。小岩井農場にでも残って、絵でも描いてりゃいいべ」

「ううん、そういうことじゃないんだけど……」

かぶりを振った七夏が、「あ、そうだ」と顔を上げた。

「三井寺先輩から伝言。江口君には、記録係をお願いできませんか、だって。GPSでルートを記録したり、調査の様子をビデオで撮ったり。それ以外の時間は、先輩と一緒に地質分野を担当する」

「記録係だけでいい」壮多は素っ気なく言った。「あいつは——深澤は何やるんだ？」

「やっぱり、星だって。バイトで貯《た》めたお金で、山にも持っていける天体望遠鏡とか、星空撮影用の機材も買ったって言ってた。練習はこれかららしいけど」

それを聞いて、ふと気になった。七夏まで天体観測をやると言い出しはしないか——。

「で、お前はどうすんだ。スケッチだけか」ついでを装《よそお》って確かめる。

「わたしは——」七夏がわずかにためらう。「もしかしたら、何もできないかもしれない」

「あ？　どういうことだ？」

「昨日の夜、お母さんと喧嘩《けんか》したんだ」七夏は目を伏せて言った。

「珍しいじゃん」

「お母さん、地学部なんかもうやめろって」

「は？　なんでいきなり」思わず足を止めた。

「わかんない」七夏が首を横に振る。「夏休みの計画のことを話したら、突然。理由も言わずに、野外巡検なんかダメ、そんな部活ならやめなさい、の一点張り」

「もしかして、男子と一緒に道端で野宿だとでも思ってんのか？」

「ううん、わたしはそこまでするつもりはないからって、ちゃんと言ったよ。壮多も一緒だしって。それでもダメ」

「こないだの南昌山の件といい、おばさんらしくねーな」壮多の知る七夏の母親は、けっして物分かりの悪い人ではない。

「わたし――」七夏がまた力なくかぶりを振った。「最近、お母さんのことがほんとに分かんないんだよ」

11

実習棟の前庭に一人で現れた壮多を見て、三井寺が表情を曇らせた。

「佐倉さんは、今日も来られませんか」

「――みたいすね」

この一週間、七夏が地学部の集まりに出てこない。授業が終わるとすぐ美術室に行ってしまうのだ。取りかかっている油絵を夏休みまでに仕上げておきたいから、と地学部のメンバーには釈明していた。

それも嘘《うそ》ではないのかもしれない。だが壮多には、地学部の活動を母親に反対されていることが無関係だとは思えなかった。紗紀たちの前ではいつもどおりに振舞っていても、授業中にふと七夏のほうを見ると、たいてい虚《うつ》ろな目を窓の外に向けている。七夏が胸に何か抱え込んでいるのは確かだった。

今日は、梅雨の晴れ間を利用して、巡検で必要な機器の使い方を三井寺に習うことになっている。

「ＧＰＳは今、深澤君が触ってます」

三井寺が指差した花壇の向こうに、その姿があった。アウトドア用のハンディＧＰＳを胸の前に持ち、液晶画面を見ながらゆっくりグラウンドのほうへ歩いていく。

「江口君にもあとでルートマップの作り方を教えますが、先にこっちを」

三井寺はアルミ製の器具を壮多に握らせた。タバコの箱ほどの直方体で、方位磁石が埋め込まれている。

「クリノメーターといって、地層の走向と傾斜を測るんです。これとハンマー、ルーペが、地質調査の三種の神器」

「何ていうか……アナログすね」

「基本というのは、時間に負けないものですよ」三井寺はむしろ嬉《うれ》しそうに言った。

「賢治先生もその三つを持って山に入っていたはずです」

「ん？」何気なく北の方角を確かめようとして、気がついた。「この方位磁石、なんで〈E〉と〈W〉が逆になってるんすか」

「そう、そこがミソ。地層の走向というのは、ひと言でいうと、地層が続いている方向のことなんですが、例えばですね――」

　三井寺はその場に膝をつき、画板を地層面に見立てて熱心に解説を始める。メモを取るでもなくそれを聞いていると、実習棟のほうから文緒がやってきた。

　気づいた三井寺が「あれ？」と眼鏡を持ち上げる。「昨日スマホにメッセージを送ったつもりだったのですが。今日はずっと外なので、川端さんはどちらでも、と」

「わかってます。一つ、ニュースが」文緒は日差しを厭《いと》うように右手でひさしを作り、眉根を寄せている。

「ニュース？」三井寺の表情も強張《こわば》った。

「うちのクラスに、生徒会の書記をやっている者がおりまして。彼女が言うには、昨日までに花農祭実行委員の有志が十二人集まった、と」

「ほんとですか!?」三井寺が弾《はじ》けるように立ち上がった。

「今開かれている役員会で、九月の開催を正式に決定するとのことです」

「素晴らしい！　いや、ありがとう！　ありがとうございます！」

　三井寺は声を高くして、なぜか文緒に何度も礼を言った。そこへ、何事かと深澤も戻ってきた。話を聞くなり、「マジ？」と眉を持ち上げて言う。

「よかったじゃないすか。先輩の演説が効いたんすね」

「いやいや、あんなの関係ありませんよ。僕なんかが一人熱くなってエラそうなこと言っちゃって、後悔してるぐらいで」

「後悔する必要はないようですよ」文緒が言った。「有志の大半が、『全校集会であの三年生が言ったことに感動して』と言っているそうです」

「ほらね」と深澤が口角を上げる。「あれは〝伝説の演説〟として語り継がれますよ、絶対」

「やめてくださいよ」照れた三井寺が顔の前で手を振った。「あのあとクラスの連中からは白い目で見られたんです。もし語り継がれるとしたら、イタい三年生が全校生徒を引かせた話として、ですよ」

　壮多もまた、あのとき体育館に響きわたった三井寺の言葉を思い起こしていた。

「いや――」と口をついて出る。「そんなことないすよ」

　三井寺が驚いてこちらを見た。壮多は目をそらし、ぼそりと続ける。

「結構刺さりましたから。俺にも」

視界の隅で三井寺が微笑《ほほえ》むのがわかった。

「とにかくこれで」三井寺が自分に言い聞かせるようにうなずく。「我々にも発表の場ができたわけです。頑張って、いい巡検にしないと」


教室に戻ると、帰り支度を整えた女子が数人、教卓のそばでしゃべっていた。その中にいた紗紀が壮多に気づき、輪を離れてやってくる。

「ねえ、深澤君は？」小声で訊いてきた。「今日、部活出てた？」

「出てたよ。さっきそのまま帰ってった」

「そっか。ならいいんだけど」

「何がいいんだよ」

「七夏」紗紀はさらに声をひそめる。「最近あの子、授業が終わるとすぐ、美術室に行くって言って出てくじゃん？　でも、たぶん行ってないと思うんだよね。いつ美術室のぞいても、いないもん」

「じゃあどこ行ってんだよ」

「それがわかんないから心配してるんでしょ。万が一、深澤君と二人でどこかに、なんてことが――」

「あるわけねーだろ」吐き捨てるように言ってから、のん気を装う。「どうせあれだろ、外でスケッチでもしてんだろ」

「いや、違うね」紗紀はかぶりを振る。「七夏、明らかに様子がおかしいもん」

「まあ、あいつにしては珍しく、授業中ぼんやりしてることが多いみたいだけど」

「さすが、よく見てらっしゃる」

「うるせーよ」

「ぼんやりしてるだけじゃないよ。ここ一週間、ノートをまったくとってない」

「マジか」

「信じられないでしょ。あの七夏が『ノート貸して』って言ってきたんだよ、このあたしに。いつもと役回りが逆でしょって話」紗紀は眉尻《まゆじり》を下げ、怒ったように続ける。

「水くさいよね。何か悩みがあるならさ、言ってくれてもいいじゃん」

「悩みっていうか――」紗紀になら話してもいいと思った。「母ちゃんとは揉《も》めてるみたいだけど。地学部のことで」

「どういうこと？」

　初耳らしい紗紀に、先週七夏が言っていたことをかいつまんで説明した。聞き終えた紗紀は、腕組みをして言う。

「うーん、確かによくわかんないね。過保護とかってレベルの話じゃない。でも――」

紗紀はそこで首をかしげた。「ただの親子喧嘩なら、あたしにも江口にも、もっといろいろ話してくれるんじゃない？　やっぱ、他にも何かある気がする。七夏の顔見てると、そんな気がする」

「——まあな」

曖昧《あいまい》に応じながら、紗紀の言うとおりだと思った。ずっと感じていたもやもやが、明確な不安となって胸に広がっていく。

笑い合いながら教室を出ていく女子たちと入れ替わりに、ジャージ姿の亮平が入ってきた。部活が終わったらしい。

「どったの？」亮平はにやけ顔で自分の眉間《みけん》を指差した。「ここにしわ寄ってますよ、二人とも。怖い顔して何？　別れ話？」

「七夏のこと」紗紀が面倒くさそうに応じる。「最近、放課後どこで何やってんのかねって話だよ」

「佐倉なら、昨日見たよ」亮平がさらりと言った。

「どこで？」壮多は前のめりになった。

「部活さぼってむっちゃんとゲーセン行って、その帰り。市立図書館の前をとおったら、一人で自転車置き場にいるのを見かけたよ」

「図書館——何しに？」

「絵の資料集めか何か？」紗紀も訊く。

矢継ぎ早に問い詰められて、亮平が口をとがらせる。

「本人に訊いてよ。見かけただけって言ったべさ」

「なんで声かけなかったの？」紗紀がまた問うた。

「いや、ちょっとそういう雰囲気じゃなかったのよ」亮平が真顔になる。「暗い顔っていうか、思いつめた顔？　よくわかんないけど、とにかくいつもの佐倉とはだいぶ違くてさ」

壮多は紗紀と顔を見合わせた。

12

翌日、七夏は珍しく遅刻して、三時間目から登校してきた。昼休みには美術室に行ってしまったので、話をする時間はなかった。

終礼が終わるとすぐに七夏は教室を出て、美術室とは反対の、正面玄関へ下りる階段に向かって足早に歩いていく。それを廊下でつかまえた。

「今日は描かないのか」横に並んで訊いた。

「――うん」七夏は足を止めずに答える。「行かなきゃならないところがあって」

「市立図書館か？」

「え？」七夏がやっとこちらを見た。

「一昨日、亮平が見かけたって。何してたんだ？」

「何って——」声がやけに硬い。「本を借りたり、調べものをしたりでしょ。図書館なんだから」

「絵の資料か」

「——いろいろだよ」

「そもそもお前、最近描いてんのか？　いつ行っても美術室にいないって、紗紀も心配してたぞ」

「何なの？」七夏が立ち止まった。眉根を寄せ、まっすぐ見上げてくる。「わたしはいつもキャンバスの前に座ってなきゃいけないの？　それじゃ解決しないことだってあるんだよ」

　思わずたじろいだ。ここまで苛立《いらだ》った七夏を見るのは初めてだ。

「なした？」壮多は声を落ち着けて言う。「やっぱりこの頃ちょっと変だぞ。解決しないことって、例の夜になりかけの空の色か？　おばさんと喧嘩してるって話か？　それとも——」

「だから、いろいろだよ」

「俺も今から病院だし、途中まで一緒に——」

「ごめん、壮多」七夏は拒むようにさえぎった。「ちょっと急いでるんだ。先行くね」

七夏は階段を駆け下りていく。壮多は立ち尽くしたまま、その背中に声をかけることさえできなかった。


病院でリハビリを受けている間も、七夏のことが頭から離れなかった。

解決しないこととは、いったい何か。いろいろだと七夏は言ったが、何か大きな悩みが一つあることは間違いない。壮多にも紗紀にも言えないことが。

もちろん心配はしている。ただ、心配の半分は、そこに深澤が関わってはいないかという疑念だ。そして、その疑念には嫉妬《しっと》が混ざっている。それを思うと、結局は自分の心配じゃないかと、自己嫌悪《けんお》に陥りそうにもなる。

たとえそうだとしても――壮多は自らに言い聞かせた。七夏とは、物心つく前から一緒にいる。無邪気な笑顔も、情けない泣き顔も、すべて見せ合ってきた。二人の間には、誰より長い歴史があるのだ。

だから、中学のときと同じように、自分にしかできないことがきっとある。それは自分の特権であり、義務でもあるのだ。そのためにはやはり、何が起きているのかをどうしても知らなければならない――。

もう一度七夏と話をしようと、病院を出るなりスマホに〈もう家か?〉とメッセージを送った。しばらくして〈まだ外〉とだけ返信があったので、〈どこにいる？〉と続けて訊いたが、それには返事がなかった。

仕方なく、とりあえず市立図書館に行ってみた。自転車置き場に七夏のものは見当たらず、館内をひと回りしてもその姿はなかった。

図書館を出て考えた。〈外〉といわれて思いつくのは、しょっちゅうスケッチに来ていた北上川ぐらいしかない。朝日橋のたもとから土手の遊歩道に入り、まずは北に向かってイギリス海岸まで自転車を走らせた。七夏お気に入りのコースだが、どこにもいない。

来た道を朝日橋まで戻り、今度は南側の河川敷に下りてみた。河川敷はグラウンドになっていて、その脇《わき》を砂利道が南へと続いている。

午後六時十五分。夕日は厚い雲にさえぎられて輪郭さえ見えず、すでに辺りは薄暗い。グラウンドには犬を連れた女性が一人いるだけだ。

砂利道をしばらく走ると、朝日大橋の手前に自転車が一台停めてあるのが見えた。そこから川のほうに目をやれば、草むらの向こうに人影もある。それが七夏だということは、遠くからでもわかった。

同じ場所に自転車を置き、グラウンドを横切ってそちらに近づいた。

七夏は制服姿で水辺に立ち、濁った流れをじっと見つめていた。視線の向こうにあるのは、五十メートルほど先の中洲《なかす》の突端だ。それを見て、記憶が甦《よみがえ》る。ここには子どもの頃、二人で来たことがある――。

　腰まである雑草を踏み分けながら、声をかけた。

「何やってんだよ、こんなとこで」

　七夏は振り返り、「――壮多」と唇を動かした。その表情に、さっき学校で見せたような険はない。むしろ、眼鏡の奥の瞳《ひとみ》はどこか虚ろだった。

　壮多は七夏の横に立ち、中洲のほうにあごをしゃくった。

「懐《なつ》かしいな、ここ」

「――覚えてたんだ」七夏はかすれた声で言った。

「カムパネルラが死んだって場所だべ」そのことを教えたのは、七夏だ。「ここで溺《おぼ》れたナントカって同級生を助けようとして」

「――ザネリだよ」七夏が視線を川に戻して言う。「ケンタウル祭で烏瓜《からすうり》の燈火《あかり》を流しに来ていて、舟から落ちたんだよ」

「ふうん」とあえて気のない相槌《あいづち》を打ち、あらためて訊く。「で、何でこんなとこにいんだ？」

「ちょっと、考えごと」

「なあ、七夏」その横顔に言った。「やっぱ、俺には教えてほしい。何か困ってることがあるなら、俺には」

七夏はしばらく沈黙し、正面を向いたまま口を開く。

「壮多は今、鹿《しし》踊りができない。でも、わたしが壮多にできることは、何もないよ。壮多がまた頑張ってくれたらいいなって、ただ思ってるだけ」

「いや、そりゃそうだけど。それとこれとは――」

「同じだよ。一人で解決しなきゃならないことだって、きっと世の中にはあるんだよ。壮多は自分のことだけ考えてればいい」

「だから、とりあえず言ってみろって」意味がわからず、語気を強める。「解決しなきゃならないことって、何なんだよ」

「わたしたちなんて――」七夏が目を伏せた。「みんなちっぽけで、力もない。自分のことも解決できないのに、誰かを救おうなんて、傲慢《ごうまん》だよ」

「俺も傲慢だってのか」

「これは、わたしの問題。だから自分で何とかする。壮多も、鹿踊りができなくなったからって、わたしに寄りかからないで」

「寄りかかるって、なんで俺が――」

声を尖《とが》らせたものの、そこで言葉につまった。胸の奥をえぐられた気がした。

七夏は水辺に一歩近づいた。中洲のほうを見据えているが、表情まではうかがえない。

「――意味ないじゃない」七夏の声がわずかに震えた。「誰かを救おうとして、カムパネルラみたいに死んじゃったら。一人助かっても一人死んだら、意味ないじゃない」

「何のことだよ。なんで誰かが死ぬんだ」

「――知ってた？」七夏はつぶやくように訊いた。「カムパネルラって、死んでなかったかもしれないんだよ」

「死んでなかった？」

七夏は小さくうなずき、細いあごをつっと上げた。灰色の空に向かって言う。

「カムパネルラが死なない世界って、どこにあるのかな――」

まるで、そこへ行きたいと言っているように聞こえた。その意味を質《ただ》そうと口を開きかけたとき、七夏が「ごめん、壮多」と続けた。

「まだ考えごとの途中なの。一人にして」

壮多は息をついた。これ以上、何を訊いても無駄らしい。

無言のまま踵《きびす》を返して歩き出したとき、後ろから「ねえ」と呼び止められた。

「一つだけ、お願い」七夏の眼差《まなざ》しが、祈りにも似た熱を帯びている。「壮多は、巡検に行ってね。深澤君と一緒に、最後までちゃんと」

「お前はやっぱり、行かねえのか」

壮多の問いには構わず、七夏は「それから――」と言った。

「何があっても、深澤君のせいじゃないから。深澤君は、悪くないから」

13

三井寺たちとの打ち合わせを終え、教室に戻った。部活が終わるにはまだ早い時間だからか、誰もいない。

窓際《まどぎわ》の七夏の机にどうしても目がいく。不思議なもので、部屋ががらんとしていても、そこだけぽっかり穴があいているように見える。その席に七夏がいないことに、目が慣れてしまったらしい。

北上川で話をした次の日から、七夏は学校に来なくなった。今日でもう十一日目になる。

最初の数日間は、「体調がすぐれないらしい」という担任の言葉を壮多も信じようとしていた。だが、そのまま一週間が過ぎ、壮多や紗紀が送り続けているメッセージにも反応がないとなると、さすがにじっと待ってはおれない。

壮多は紗紀と一緒に七夏の家を訪ねた。母親が玄関の外まで出てきて、「大したことはないんだけど、まだ何だかぐずぐず言っててねえ」と笑顔なく言うので、本人の顔も見ないまま引き下がるしかなかった。先週の金曜日のことだ。

壮多は自分の机から制かばんをとり、教室を出た。まっすぐ帰る気にも、鹿踊り部の様子を見にいく気にもなれない。ほとんど無意識のうちに、足は美術室に向かっていた。扉を開いて一歩踏み入れると、絵の具の匂《にお》いが溶け込んだ熱気に体が包まれる。人の姿はなく、照明もついていない。

西日が差し込む部屋の奥に、七夏の絵が見える。壮多はそちらに近づいた。キャンバスはイーゼルにのっているが、そばに筆や絵の具は見当たらない。

夕闇《ゆうやみ》の北上川を走り去る、岩手軽便鉄道。絵の上半分——空が描かれるはずの部分は、やはり進んでいない。右上の隅は黒に、左端はオレンジ色に塗られているが、それ以外は下地の色のまま。三週間ほど前に見たときと、まったく同じだ。

不意に、「なーんだ」と出入り口のほうで声がした。

「デカい不審者がいると思ったら、江口か」紗紀がうなずきながら中に入ってくる。

「わかるよ、ここへ来たくなる気持ち」

「来てみたところで、だけどな」

「そうみたいだね」紗紀はキャンバスを見て、脱力したように息をついた。「七夏、教室には入れなくても美術室になら来られる、なんてことがあったりしないかなあと思ったんだけど。保健室登校ならぬ、美術室登校。ま、あるわけないか」

「なんで教室に入れないんだよ」

「深澤北斗がいるからに決まってんじゃん」

紗紀はずっと、中学三年のときと同じことがまた起きたのではないかと疑っている。深澤との仲を邪推した女子生徒たちが、紗紀の知らないところで七夏に嫌がらせをしているのではないかというのだ。

だが壮多には、それがありそうな話だとは思えなかった。クラス中の女子からのけ者にされていたあのときでさえ、七夏は一度も学校を休まなかったからだ。昔から、逆境に立たされれば立たされるほど強さを増すような芯《しん》が、七夏の中にはある。

「こないだも言ったべ」壮多は顔をしかめて言った。「本人が言ってたんだって。『何があっても、深澤君のせいじゃないから』って」

「『深澤君は、悪くないから』ってやつでしょ？　そうだよ。悪いのは深澤君じゃなくて、七夏に何かした女子どもだよ」

「そんなやつらがほんとにいるのかどうかも、わかってねーじゃん」

「だから今探りを入れてるんでしょうが。七夏はわざわざ深澤君の名前を出して、そういうこと言ったわけでしょ？　それってつまり、深澤君が今回の件に無関係ではないってことじゃないの？」

「そりゃ俺だってそう思ってるよ。けど、色恋の話とは限んないだろ」

「それはあんたの願望」

紗紀にぴしゃりと言われて、壮多は何も言い返せなくなった。

壮多自身、深澤にはもう何度も問い質している。七夏から連絡はないか。学校に来ない理由について、心当たりはないか。深澤の答えは「ないよ」の一点張りで、ここ数日はそれに「しつけーよ」が加わった。「深澤君のせいじゃない」という七夏の言葉がなければ、深澤を殴りつけ、組み伏せてでも何か聞き出そうとしたかもしれない。

イーゼルの裏側にあった丸椅子《いす》を引き出して座ろうとした紗紀が、「ん？」と動きを止めた。見れば、椅子の上に黄ばんだ本が一冊置いてある。

「賢治本だ」紗紀がそれを手に取った。表紙に〈宮沢賢治全集　第十五巻〉とある。「たぶん七夏のだよね。絵の参考にしたのかな」

そういえば、いつか文緒が『薤露青』という詩の話をしていた。「夜になりかけの空」を描くためのヒントでも探していたのかもしれない。そう思って紗紀から本を受け取り、ざっと中を確かめてみるが、この巻に収められているのは童話ばかりのようだ。

「あ、違うわ」紗紀が何か思い出して首を振る。「それ、七夏が深澤君に貸してた本だ。ほら、深澤君、部長さんと一緒に夏休みの研究テーマ考えてたでしょ。あのとき七夏んちの全集を何冊か貸してたから。深澤君から返してもらったのを、置き忘れただけだね」

また深澤か——。

嫌な胸騒ぎを覚えつつ、さばくように本をめくっていると、巻末に近いところでページが大きく開いた。しおりがはさんである。

まだ新しい紙のしおりで、知らない書店の名が印刷されていた。裏を見ると、小さな文字で支店名が並んでいる。すべて東京の地名だ。深澤がはさんだのだろう。

壮多は本に目を戻した。

そこはちょうど一編が始まるページで、見開きの端に打たれていたタイトルは、『銀河鉄道の夜』だった。

帰り道、佐倉家の前で自転車を止めた。二階にある七夏の部屋を見上げる。

やはり窓にはカーテンが引かれ、隙間《すきま》から漏れる光もない。毎晩確かめたわけではないが、七夏が姿を見せなくなってから、部屋に明かりがついているのを見たことがないのだ。

七夏は本当にここにいるのだろうか。そう思うと、どうしてももう一度七夏の様子を訊《たず》ねてみたくなった。美術室にあった宮沢賢治の本を持ってきたことにすればよかったのだが、あれは紗紀が持ち帰ってしまった。

インターホンを三回押してやっと出てきた母親は、先週に増して疲れた顔をしていた。

「七夏、具合どうですか」壮多は訊いた。

「ごめんなさいね、何度も。体のほうはもういいんだけど――」母親はそこで少しためらい、言葉を探すように言う。「今、花巻にいないのよ」

「え？　どこ行ったんですか？」

「――親戚《しんせき》のところにいるの」

「北上ですか」そこに母方の祖母がいることは知っていた。

「ううん、違うんだけど……」母親はその先を濁した。

壮多は確信した。やはり七夏は、もうずっと前から花巻にいなかったのだ。体調云々《うんぬん》というのも、もちろん嘘だ。

「でも、なんでまた」壮多は訊いた。

「ちょっと、事情があってね」

「もしかして、何か学校に来たくない理由があるとか」

「ううん、そういうことじゃないの」母親は強張った表情でかぶりを振る。「もうすぐ帰ってくるから、心配しないで」

「いや、でも――」と言いかけた壮多に、母親は声を硬くしてひと言「ごめんね」と告げた。それ以上説明する気はないらしい。

「……わかりました」壮多は仕方なく言った。「じゃあ七夏に、たまにはスマホに返信寄越せって、伝えといてもらえますか」

「うん、よく言っておく。他のお友だちにも、よろしくね」

挨拶《あいさつ》をして踵を返し、自転車にまたがろうとしたとき、閉じられたドアがもう一度開く音がした。

「ねえ、壮多君」母親がまた外に出てきた。「七夏が地学部っていう部活に入ったことは、知ってる？」

「はい。僕もなぜか部員になったんで」

「ああ——そう。なんであの子が地学部なんて言い出したか、壮多君、わかる？」

壮多が五月の出来事を話し始め、深澤の名を口にしたとき、母親の顔色が変わった。話をさえぎって問うてくる。

「その転校生、どこから来た子？」

「東京ですけど」

「——そう」

「深澤がどうかしました？」

「——ううん。何でもないの」

母親は焦点の合わない目を虚空《こくう》に向け、それきり口をつぐんだ。

14

巡検の準備に追われているうちに、あっと言う間に十日が経《た》った。

七夏にメッセージは送り続けているが、相変わらず返事はない。今日の午前、授業納め式があり、明日から夏休みに入る。

巡検に出発するのは明後日の朝だ。三井寺、深澤、壮多の男子三人だけで回ることを前提に、二週間の行程が組まれた。三井寺は七夏の不在をとても残念がったが、事情を詮索《せんさく》しようとはしなかった。時が来れば本人が説明してくれるだろうと考えているらしい。

夕食後にガレージの中で始めた自転車の整備が、やっと終わった。最後にタイヤの空気を入れ、ライトの電池を新品に交換する。試しに点灯させると、近くに街灯のない家の前の通りまでＬＥＤの光が届いた。

これは、壮多が通学に使っている自転車ではない。マウンテンバイクをやや華奢《きゃしゃ》にしたようなもので、クロスバイクというらしい。子ども鹿踊り会時代の先輩に自転車旅行が趣味の人がいて、もう使わなくなったというこのバイクを貸してくれた。大きなザックが積める荷台もついている。

三井寺と深澤の自転車も見せてもらったが、これと同じようなものだ。深澤は今回の旅のために新しく買ったと言っていた。

またがってサドルの高さを調節し、そのまま通りへと漕《こ》ぎ出した。

路地をわたり、佐倉家の前をゆっくり通り過ぎる。夜九時過ぎだというのに家は真っ暗で、不気味なほど静まり返っているが、もう驚きはしない。あの二度目の訪問のあと、今度は七夏の母親まで消えてしまったのだ。

それに気づいたのは壮多の母親だった。「佐倉さんち、ずっとお留守なのよ。あんた何か聞いてる？」と言うのですぐ様子を見に行くと、郵便受けには新聞やチラシがあふれ、何度インターホンを押しても応答がなかった。

七夏とつながる手だては、完全になくなってしまった。学校側も壮多同様、七夏はわけあって親戚宅にいるとしか聞いていないようだ。担任は心配しつつも、「でもまあ、体のほうはもう大丈夫みたいだし、お母さんとはちゃんと連絡もついてるしな」と未《いま》だに様子見を決め込んでいる。

あてもなく夜の町を走っていると、またいつもの自問が始まる。

こんな状況で、巡検になど出かけていいのか。七夏のために、他にすべきことはないのか——。

だがその度に、七夏の声がこう答えるのだ。

壮多は、巡検に行ってね。深澤君と一緒に、最後までちゃんと——。

この言葉には、「深澤君のために」というひと言が隠されている気がして仕方なかった。もちろん、そこにどんな意図があるのかはわからない。それでも、あのときの七夏の祈るような眼差しを思うと、その願いを裏切るような真似《まね》はどうしてもできなかった。

近所をひと回りして家に戻った。自転車をガレージにしまっていると、ポケットでスマホが震えた。紗紀からの着信だ。

「七夏んちの様子はどう？」紗紀は前置きもなく訊いてくる。

「とくに変化なし。家にはまだ誰もいないっぽい。そっちは？」

「同じく、情報なし。少なくともうちの学年には、七夏のことをあからさまに悪く言ってるような子たちは見つかんない。もう夏休みだし、これ以上は難しいかも」

「しょうがねーよ。俺も巡検に出たら、佐倉家の様子はチェックできない」

「それはあたしがやっとくから。江口は深澤君と一緒にいたほうがいい。七夏のこと何か知ってるのなら、話してくれる気になるかもしんないし」

「んな期待はしてないけど、あいつを監視するつもりで行ってくる」

「まあ、その辺は任せるよ」紗紀は短く息をついた。「明後日出発だよね。気をつけて行ってきて」

「うん。時々連絡入れっから」と通話を終えようとすると、紗紀が「あ、そういえば」

と止めた。

「七夏が美術室に置いてった賢治本あるじゃん。宮沢賢治全集の第十五巻。あれに、しおりがはさんであってさ」

「知ってる。『銀河鉄道の夜』のところだろ」深澤のものと思《おぼ》しきしおりだ。

「あたし、何の気なしに読んでみたんだ。あの『銀河鉄道の夜』、ちょっと変なんだよね」

「変？」

「うん。あたしの知ってるストーリーと、違うんだよ」

「どう違うんだ」

「最初から、あれえ、こんな話だっけ？　と思いながら読んでたんだけど、ラストは明らかに違った。ほら、カムパネルラって出てくるじゃん。川で死んじゃう子。どういうわけかあの本だと、カムパネルラが死なないんだよ」

「え——」

汗ばんだ背中に、冷たいものが走った。七夏の言葉が甦る。

カムパネルラが死なない世界って、どこにあるのかな——。

紗紀はまだ何かしゃべり続けているが、耳に入ってこない。壮多は構わず訊いた。

「明日、家にいるか？」

「いるけど？」

「その本、家まで取りに行くわ」

Ⅱ

みをつくしの列をなつかしくうかべ
薤露青《かいろせい》の聖《きよ》らかな空明のなかを
たえずさびしく湧《わ》き鳴りながら
よもすがら南十字へながれる水よ

（宮沢賢治「薤露青」より）

15

緩やかな上りと下りを繰り返しながら、二車線の道路は緑の中を縫って続く。

先頭の三井寺は、ペダルを漕《こ》ぐペースを上げようとはしない。午後からは種山高原に向かって長い登りが続くからだ。

巡検の旅は、今日で三日目。昨日梅雨明けが発表された空は、今日も恨めしいほど晴れ渡っている。スマホでチェックした天気予報によれば、昼前から三十度を超えてくるらしい。

林の中をしばらく行くと、少し開けて小さな田んぼと民家が現れる。景色もその繰り返しだ。車とも人ともまだ行き合っていない。

左手小指の調子は、かなりいい。力はまだ入らないが、ハンドルを軽く握れるぐらいには可動域も広がった。通院してのリハビリは、出発の前日に終えた。今は毎日、病院で教わったとおりに自分で曲げ伸ばしをしている。

木々の隙間《すきま》から再び田瀬湖が見え始めた。やがて、前方にダムが現れる。その上を渡る道にさしかかると、三井寺が右手を上げて自転車を停めた。

「田瀬湖もここで見納めですよ」

腰のポーチから一眼レフを取り出し、レンズを湖に向ける。深澤も自分のコンパクトカメラでそれにならう。壮多はGPSの画面と目の前の景色を見比べて、昨夜テントを張ったキャンプ場を湖面の向こうに探した。

「ところでお二人は――」三井寺が首を回して訊《き》く。「めがね橋、見たことあります？」

深澤がかぶりを振る。壮多も「聞いたことはありますけど」とだけ言った。

「じゃあ、ちょっとだけ寄り道して、そこでメシにしましょう」

またペダルを漕ぎ出し、ダムを渡って遠野市宮守《みやもり》の町へと向かう。

一昨日の朝八時、校門前から自転車を三台連ねて出発した。芳本と文緒が見送りにきただけの、ひっそりとした旅立ちだった。

まずは進路を東にとり、早池峰山へと向かった。北上山地の最高峰だ。花巻市街から一時間ほど走ったところにある大迫《おおはさま》という町に自転車を置き、路線バスとシャトルバスを乗り継いで登山口まで行った。

いかにも宮沢賢治の庭といわれる山らしく、登山口にその詩碑が建っていた。『山の晨明《しんめい》に関する童話風の構想』という詩だ。〈おお青く展《ひろ》がるイーハトーボのこどもたち〉という一節を指差して、入山前の記念写真を撮った。

童話『どんぐりと山猫』の舞台もこの辺りだと、文緒が作ってくれた資料にあった。

それは、巡検でまわる地学サイトと賢治作品との関係がまとめられた小冊子で、壮多たちは「文緒メモ」と呼んでいる。

　樹林帯を三十分ほど登ると急に視界が開け、ごつごつした岩がむき出しになった斜面が続いていた。それがすべて蛇紋岩《じゃもんがん》なのだと三井寺から解説を受けながら、二時間足らずで頂上に着いた。

　調査というほどのことはしなかったが、壮多は練習を兼ねてGPSでルートを記録し、要所要所でビデオカメラを回した。ただそれだけのことが、なぜかやけに新鮮だった。何も考えずに列について歩き、ぼんやり景色を眺めるような遠足の山登りとは、周囲の見え方が明らかに違ったのだ。

　その夜は登山口近くのキャンプ場に泊まった。深澤が星空の写真を撮っている間、登山中に感じたことを三井寺にそれとなく伝えてみた。三井寺は嬉《うれ》しそうに微笑《ほほえ》みながら、「自分が今どこにいて、何を見ているか。まずはそれをちゃんと意識するのが、フィールドワークの第一歩なんですよ」と言った。

　二日目は、早朝のバスで大迫まで戻り、自転車で遠野街道——国道三九六号を南下。途中で県道に入り、田瀬湖方面に向かった。猿ヶ石川を堰《せ》き止めてできたダム湖だ。午後いっぱいかけて、その上流側と下流側で地質調査をした。川沿いに露出しているかんらん岩や、それが変質した蛇紋岩の様子を記録し、岩石サンプルを採ったわけだ。

三井寺によれば、かんらん岩は地殻より深いマントルという部分を構成する岩石で、地表で見られるのは珍しいという。しかも、この地域のかんらん岩は古生代オルドビス紀——恐竜の時代より二億年以上も前にできたとのことだった。

そんな話はピンとこなくても、ハンマーで割った石の断面には思わず見入ってしまった。ルーペで観察すると、きれいな緑色の結晶が見えたからだ。かんらん石という鉱物で、美しいものはペリドットという名で宝石になるらしい。

田瀬湖のキャンプ場では、持参したバーナーで米を炊《た》き、道中に買った卵とソーセージを焼いたのだが、それが思いのほか美味《おい》しかった。早池峰山での夕食がカップラーメンとコンビニのおにぎりだったので、余計にそう感じたのだろう。

山あいの道は、いつの間にか一車線になっている。林を抜け、カーブを下ると、左手に町が見えてきた。宮守町の中心部だ。

釜石街道——国道二八三号を左に折れると、前方にすぐそれとわかるものが見えた。道路に沿って流れる川をまたぐ、レトロなアーチ状の鉄道橋だ。

その手前のスーパーで食料と水を調達し、公園として整備された道路脇《わき》の緑地から河原に下りる。宮守川の流れは幅十メートルほど。近づいてみると、めがね橋もそう大きな構造物ではない。染《し》みが目立つコンクリートの五連アーチは、確かに歴史を感じさせる。

「わお、まんま銀河鉄道の世界じゃん」深澤が声を上げる。

「手前に石造りの塔みたいなのがあるでしょ。あれが岩手軽便鉄道時代の橋脚だそうです」三井寺が橋の真ん中あたりを指差して言った。「この橋、まだ現役なんですよ」

「マジすか？」深澤が目を丸くする。

「今はここを釜石線が走ってます。夜見るとまた格別なんですけどねえ。列車が通ると、ほんとにそのまま銀河まで行っちゃうような気がしてきて」

土手の草の上に座り、朝昼を兼ねた食事を摂《と》った。川のそばだからか、幾分涼しい。三井寺と深澤はまだ岩手軽便鉄道についてしゃべっているが、壮多は加わらない。無関心を装《よそお》いつつ、深澤の様子をさりげなく観察している。

この旅が始まってから、ずっとこうだ。壮多は夏の思い出を作りにきたわけでも、三人の友情を深めにきたわけでもない。七夏がそれを望み、壮多もまた、何とかして深澤の正体をつきとめたいと考えたからこそ、こうして同行している。

深澤との距離を縮めるというのも、一つの手ではあるのだろう。だからといって、作り笑いを浮かべて深澤に近づくような真似《まね》はとてもできない。

「佐倉さんも――」と三井寺が唐突に言った。七夏の名前が出たのは久しぶりだ。

「めがね橋のスケッチとか、したかったんじゃないんですかねえ。それとも、こんな名所はとっくに描いてるかな？」

三井寺がこちらに顔を向けて言ったので、壮多は仕方なく首をかしげてみせる。

「さあ、どうすかね。聞いたことないですけど」

深澤は何も言わず、わずかに目を伏せてイギリスサンドをかじっていた。その表情からは何も読み取れない。

三井寺が「あ」とつぶやき、耳に手をやる。「ちょうど来たみたいですよ」

列車の音が聴こえてきた。花巻を出た釜石行きだろう。深澤は慌《あわ》ててパンを置き、カメラを手に取る。

やがて、緑の隙間に先頭車両が姿を現した。三人横並びに立ち上がり、古びた二両編成の列車を見上げる。めがね橋にさしかかると同時に、轟音《ごうおん》と振動が体に響く。

無意識のうちに壮多は、流れ過ぎていく窓に七夏の姿を探していた。


つづら折りの峠道を越えても、緩やかな上り坂がずっと続いている。

舗装されていない轍《わだち》のような道が、体力と水分を奪っていく。まだ日が高いので、両側に広がる針葉樹林はほとんど陰をつくらない。

汗が目にしみる。ペダルを漕ぎながら、Ｔシャツの袖《そで》で顔を拭《ぬぐ》った。

道がやや平坦《へいたん》になったところで、先頭の三井寺が右手を上げて止まった。給水休憩だ。

息を整えてペットボトルの水を喉《のど》に流し込み、あふれ出るにまかせて顔まで濡《ぬ》らす。

「大丈夫ですか」三井寺が、壮多と深澤を交互に見て声をかけた。「丘登りも、もう半分くらい来ましたよね？」

「そうすね」壮多はＧＰＳの地形図を確かめながら答える。「一番きついところは過ぎたって感じです」

「マジ？　助かった……」深澤がほっと息をつく。

三井寺は、この三日間で一層黒くなった顔に玉の汗を浮かべ、いつもの笑みを浮かべている。野外調査に慣れていることもあるのだろうが、あの細い体のどこにそんなスタミナがあるのかと思うほどタフだ。

深澤も何とか三井寺に食らいついている。さすがに峠道では遅れがちだったが、最後尾の壮多に追い越されそうになると、必死になってスピードを上げていた。飲食店でアルバイトしかしてこなかったわりには頑張っているのだろうが、それがいつまでもつのかは知らない。

三井寺の自転車が動き出した。深澤、壮多の順にあとに続く。

すぐにまた上りが始まった。腿《もも》の筋肉を痛めつけられながら、前を走る深澤の後頭部を見つめていると、いつもの妄想がわいてくる。その黄色いヘルメットを剝《は》ぎ取って頭をかち割り、脳の奥に隠された秘密をむき出しにするという妄想だ。

壮多の中ではもう確信に変わっている。鍵《かぎ》を握っているのは、やはり深澤だ。美術室に残されていた例の本が、決定打となった。宮沢賢治全集第十五巻だ。

紗紀からその本を受け取り、『銀河鉄道の夜』を壮多も読んでみた。もともと記憶が薄いので、紗紀ほど違和感は覚えなかった。だが確かに、カムパネルラが川で溺《おぼ》れ死んだことが語られる場面が、どこにも見当たらなかった。

七夏が北上川で口にした「カムパネルラが死なない世界」というのは、あの物語のことなのだ。そしてその最初のページに、深澤のしおりがはさまれていた。二人の間に何らかのやり取りがあったのは間違いない。

本は出発の朝、文緒に預けてきた。あのおかしな『銀河鉄道の夜』について調べてもらうためだ。文緒と父親が物資の補給に来てくれたときに、結果を報告してもらうことになっている。

標高が上がるにつれ、空気がはらむ熱気が薄まっていく。三十分ほど漕ぐと勾配《こうばい》も緩くなり、ようやくペダルが軽くなった。

林が途切れ、目の前に草原が広がる。種山高原の牧草地だ。緩やかな起伏の牧野を吹き抜けていく風が、たまらなく心地よい。

草原の先に、小高い丘が見える。三井寺がスピードを落として近づいてきて、そちらを指差した。

「あれが物見山ですよ。てっぺんに見える白い建物が、雨量レーダー観測所。このままあそこまで行っちゃいましょう」

十五分ほどかけて丘を上ると、観測所が間近に見えてきた。箱型の小さな建物の上に、球体のレーダーが載っている。

その敷地に自転車を置き、そこから続く小道を行くと、すぐ山頂だ。開けた場所に、〈物見山　八七〇米《メートル》〉と書かれた看板と、一等三角点の標石があった。

三百六十度、さえぎるものはなく、高原全体が見渡せる。目の届く範囲にハイカーや家畜の姿はない。一キロほど先だろうか、コテージらしきものが点在しているのが見える。今日から二泊する予定のキャンプ場だろう。

傾いた日を受けて、平らかな牧野が黄緑色に輝いていた。「文緒メモ」の〈種山高原〉の項にあった、『高原』という詩を思い出す。

〈海だべがど　おら　おもたれば
やっぱり光る山だたぢやい〉――。

文緒メモによれば、宮沢賢治は盛岡高等農林学校で学んでいた頃、ここへ地質調査に来たそうだ。以降何度も訪れ、童話『種山ヶ原』や『牧歌』などの詩を残している。

深澤がペットボトルの水を飲み干して低くうめき、地面に仰向けに身を投げ出した。

壮多はGPSで現在地と方角を確認する。遠く北に目をやり、早池峰山を探してみた。その頂きの向こうには、岩手山も見えるはずだが――。

「この物見山がまさにそうなんですが――」三井寺が言った。「賢治先生は、モナドノックが好きだったようですね」

「何すかそれ」壮多が訊く。

「残丘ともいうんですけどね。山地が風雨や川に侵食されていくとき、岩盤が周囲より硬い場所は、削られずに残るでしょ。そうやって、平らになった土地にポコッと取り残された山や丘が、モナドノック。早池峰山もそうなんですよ。蛇紋岩は硬いですから」

壮多は「ふうん」と言って、もう一度北の方角にその姿を確かめた。そう言われると確かに早池峰の頂きは、堅固で巨大な一個の岩塊に見えてくる。

　三井寺はすぐそばに突き出た岩を優しく撫《な》でて、続けた。

「賢治先生もこの岩を撫でたり、舐《な》めたり、ハンマーで叩《たた》いたりしたかもしれないと思うと、感慨深いですよねえ」

「でもやっぱ――」深澤が上体を起こし、膝《ひざ》を抱えて言う。「ジョバンニが登った天気輪の丘は――銀河鉄道に乗り込んだ場所は、こんなところじゃない」

「そうですか？」三井寺は三角点の標石を指差した。「そこに三角標のやぐらが建っていれば、いかにもという感じがしますけど」

「違いますよ、全然」深澤は、夕暮れ間近の空を見つめ、首を横に振った。

16

ヘッドランプを消して、息をのんだ。

満天の星空とは、こういうことをいうのだろう。薄雲一つなく、月も出ておらず、はるか遠くの山並みまで夜空を隠すものが何もない。昨日、一昨日とも夜まで晴れてはいたが、湿気のせいかやや霞《かす》んでいて、低い空は山や木々に隠れて見えなかった。

こうして漆黒の物見山で頂きに立ち、文字どおり全天の星に包まれていると、体が宇宙空間に放り出されたような錯覚に陥る。

「さすがはスターウォッチングの名所ですねえ」暗闇《くらやみ》の中、三井寺の声だけがした。

「今夜は空気も澄んでいるようですし、運がいい」

「肉眼でこんなにはっきり見たの、初めてですよ。天の川」深澤もそのそばで言う。

ちょうど壮多も同じものを見つめていた。天頂のやや東側をとおって、白っぽい光の帯が北から南へと流れ落ちている。

夜八時を待ってキャンプ場を離れ、必要な道具だけを携えてまたこの丘を登ってきた。今日、明日と二夜をかけ、ここでじっくり天体観測をすることになっている。

来た道のほうを見下ろせば、遠くにキャンパーたちの光が見える。三井寺がランタンを灯し、地面に置く。足もとからぼうっと明るくなった。

深澤がカメラの準備を始める。一眼レフは三井寺のものだが、望遠レンズは深澤が用意してきた。二十年近く前のものを、中古で安く手に入れたそうだ。三井寺が言うには、プロのカメラマンが使うような高級品らしい。

三井寺はソフトケースから天体望遠鏡を取り出した。これも深澤が巡検のために買ったものだ。野外に持ち運べるコンパクトな屈折式で、筒の部分を縮めると長さは三十センチもない。壮多は三脚を立て、高さを調整して水平を出した。それぐらいのことはもうできるようになっている。

壮多から見れば、深澤は立派な星の人だった。いつか七夏が言っていたとおり、望遠鏡の扱いには慣れているし、天体についての知識もかなりのものだ。本人曰《いわ》く、小学生の頃、天体観測に熱中していた時期があったそうだ。

なぜそのことを黙っていたのかと三井寺に問われると、「東京のマンションから月とか土星の輪っかを観《み》て喜んでただけですから」と言っていた。ほんの一、二年で熱は冷め、以来望遠鏡には触れてもいないので、星好きを自称するなどおこがましいということらしい。

今夜はまずは星空の撮影からだ。条件がいいので、望遠レンズで天の川を狙《ねら》うことになった。露出時間を長くすれば、星雲なども撮れるはずだという。

深澤が三脚に専用の雲台《うんだい》を取り付けた。内蔵のモーターで天体の動きを自動追尾してくれる装置だ。雲台の角度を調整し、のぞき穴を使って北極星を探す。そこにカメラをセットして、ひとまず準備完了だ。

「さて、どこからいきます？」三井寺が訊いた。

「はくちょう座とかどうすか。デネブの近くに赤い散光星雲がいっぱいあるらしいんで」

「いいですねえ、はくちょう座。銀河鉄道の最初の停車場じゃないですか」

深澤はスマホを取り出し、天体撮影支援アプリを立ち上げた。スマホを空に向けると、その方向にある天体の名称と、正確な位置や焦点距離といった情報が表示されるのだ。

「夏の大三角」の一角、デネブはすぐに見つかった。天の川の中ほど、北東のかなり高い位置でひときわ明るく輝いている。深澤は望遠レンズをそちらに向けた。ネットで集めたという資料を見ながらシャッタースピードなどを設定し、ピントを合わせる。

「とりあえず、試しに一枚」深澤が雲台の自動追尾をスタートさせ、シャッターを切る。六十秒の露出時間を皆身じろぎもせずに待ち、カメラ背面の液晶画面をのぞき込む。

撮れた画像が映し出されると、三人同時に「おお！」と声を上げた。デネブの周りに赤紫色に輝く星雲がいくつも写っている。微《かす》かな光を放つ無数の星々が画面を埋めつくし、それが密集した部分が白く浮かび上がって、銀河の濃淡を見事に描き出していた。

「試し撮りにしちゃ悪くないすね」深澤が言った。

「いや、想像以上ですよ」三井寺もうなずく。

「でも、画質がちょっとザラザラしてません？」深澤は資料に目を落とした。「感度も露光も、書いてあるとおりにセットしたんだけど」

「天体写真だって自然相手のことですから。マニュアルどおりにはいきませんよ」三井寺が目を細める。「トライアル・アンド・エラーでやってみましょ。夜は長いんですから」


いくつかの星雲と、天の川の微光星が織りなす「バンビの横顔」と呼ばれる模様を撮って、星空の撮影は一旦《いったん》終了した。三脚の上のカメラを天体望遠鏡に付け替え、今は三井寺が接眼レンズをのぞいている。

「お！　とらえました、アルビレオ！　はくちょう座のくちばしですよ」

「マジすか。見せてください」深澤がそばに駆け寄る。

「おお、確かに二重星だ。おや、あれはもしかして、『アルビレオの観測所』？」

「いや、つまんないす。冗談はいいから、はやく代わってくださいよ」

「そうだ、写真撮っときましょう。このスマホ取り付けられるんですよね？　どうやって——」

楽しげな二人から少し離れたところで、壮多は草の上に仰向けに寝そべっていた。深澤が持ってきた星座早見盤を手に、天の川を眺めている。

夜十一時を回った。天の川の位置がさっきより高い。天頂にこと座のベガが見える。ジョバンニが天気輪の丘の上で見つめていたのは、この星空とほとんど同じなのだろう。

星座早見盤と見比べながら、銀河鉄道がたどった星座を探していく。ジョバンニとカムパネルラが乗った列車は、天の川の東の岸を南へと下っていったのだ。

「白鳥の停車場」、はくちょう座。姉弟とその家庭教師が乗り込んでくる「鷲《わし》の停車場」、わし座。渡り鳥の交通整理をしている人を見かける、いて座。天の川の対岸で赤く光る蠍《さそり》の火、さそり座――。

ふとメロディが浮かび、「あかいめだまのさそりー、ひろげた鷲のつばさー」と小さく口ずさむ。賢治の「星めぐりの歌」だ。

花巻の街中では、毎夜七時にこれが時報として流れる。子どもの頃、七夏と外で遊んでいてこのメロディが聞こえてくると、急いで家へと走ったものだ。そんなときでも、七夏は駆けながら楽しそうにこの歌を歌っていた。

星座早見盤を胸にのせ、目を閉じる。頬を撫でていく風が心地よい。キャンプ場の管理棟に薬草風呂《ぶろ》があったので、三日ぶりに湯船につかった。酷使してきた体がほぐれたので、今夜はよく眠れるだろう――。

銀河ステーション、銀河ステーション——。

耳もとでそんな声がして、驚いて体を起こす。声の主は三井寺だった。壮多の慌てぶりに二人が笑う。うとうとしていたらしい。

「コーヒーでも淹《い》れますか」三井寺が言った。「あ、江口君は緑茶党か」

バーナーで湯を沸かし、カップにのせたドリップパックに注ぐ。三井寺にとって、外で飲むコーヒーは野外調査の最大の楽しみなのだそうだ。そのためなら多少荷物が増えるのも厭《いと》わない。早池峰山の頂上でも、嬉々《きき》として深澤にふるまっていた。

香ばしい匂《にお》いが漂う。いい香りだとは思うが、壮多にはコーヒーを飲む習慣がない。代わりに、三井寺にもらった緑茶のティーバッグをカップの湯に浸した。

それぞれの飲み物を手に、車座になった。深澤がブラックでひと口すすり、三井寺に言う。

「三角測量って、わかります？」

「僕を誰だと思ってるんですか」三井寺が眼鏡を持ち上げる。「土木造園科の三井寺ですよ」

壮多もさわりだけ習ったことがある。三角形は、底辺の長さとそれをはさむ二つの角の大きさが分かれば、その形を一つに決めることができる。三角測量とはその原理に基づき、位置を知りたい目標点に対して基準となる線分を決め、その両端で線と目標点がなす角を測るという方法だ。

「『銀河鉄道の夜』の中で、銀河の野原にたくさん三角標が立って光ってるじゃないですか。まあ、星のことなんですけど」

「光の色や大きさもいろいろあるんですよね」三井寺が補足する。「大きな三角標は一等星、小さいのは六等星ってことだという説を聞いたことがありますよ」

「星までの距離って、実際に三角測量で測ってるんですよね」深澤が天を指差して言う。

「そう。年周視差を使って」

「何すかそれ」壮多は三井寺に訊いた。

「例えば、ある星までの角度を、夏と冬の二回測るんです。地球は太陽の周りを公転していますから、公転軌道上の夏と冬の二点を結んだ線が、三角測量における基準線になるでしょ」

「ああ――」何となく理解できた。

「で、ある本で読んだんですけど――」深澤が話を続ける。「その方法を使って太陽系から一番近い恒星が発見されたのが、一九一五年なんですって。ケンタウルス座の方向に四・二光年の、プロキシマ・ケンタウリ。賢治が十九歳のときだから、きっとそのことを知っていただろうって。で、それがのちに銀河の野原の三角標につながった」

「なるほどねえ」三井寺が夜空に向かって言った。「賢治にとって星空は、ただ眺めるだけのものじゃなくて、測りたい対象だったのかもしれませんねえ。そういえば、カムパネルラが持っている円盤状の天の地図にも、三角標の位置がびっしり描いてある」

「その地図って、これのことじゃないんですか」壮多はそばに置いていた星座早見盤を取り上げた。

「そうそう」三井寺がそれを受け取って頭上にかざす。「天体アプリも便利ですけど、僕はこっちのほうが好みですねえ。アナログ人間なんで」

「空全体をつかみやすいのは、やっぱそっちですよ」深澤も同意した。

「それにしてもこれ、かなり年季入ってますね」早見盤を裏返して三井寺が訊く。「小学生のときに使ってたものですか」

　そのことは壮多も気づいていた。台紙は日に焼けて黄ばみ、裏面の説明書きもどこか古めかしい。

「――いや、ずっと家にあったやつです」深澤が言った。「俺が生まれる前から」

「へえ、そりゃ物持ちがいい」

　感心する三井寺に、深澤が問いかける。

「先輩の中で一番古い記憶って、何歳のときの、どんなのですか？」

「え、何ですか急に」三井寺は怪訝《けげん》な顔で首をひねる。「おそらく、三歳か四歳か。公園の砂場で、近所の子に頭から砂をかけられて大泣きした場面でしょうかねえ。でも、なんでそんなこと？」

「俺の一番古い記憶は、それなんすよ」深澤は星座早見盤を指差した。「三歳ぐらいのとき。何に使うものかはわからなかったけど、ぐるぐる回すと絵が変わっていくのが面白くて、ずっとやってました」

「わかります。仕掛け絵本みたいですもんね」

「回しすぎて、真ん中の留め具がはずれそうになって。そしたら――」

深澤がそこで言葉を止めた。何事もなかったかのように、今度は壮多に訊いてくる。

「江口は？　一番古い記憶」

すぐには応じず、緑茶をひと口含んだ。自分はどうだろうとさっきから考えていたが、まだ答えがまとまらない。

「まともな記憶は――」とりあえず口を開いた。「姉貴に思い切り引っぱたかれた場面。母親が言うには、俺が姉貴のランドセルにマジックで落書きしたらしい。四歳か、もしかしたら五歳のとき」

「それはちょっと遅めかもですね」三井寺が言う。

「まともじゃない記憶なら、もっと古いのがあんの？」深澤が訊いた。

「記憶というか……イメージ」

「何だよそれ」

友人同士のような会話を深澤と初めてしていることに戸惑いつつ、言葉を継ぐ。

「真っ暗な穴の中を、すごいスピードで進んでて。ふわっと浮かんだ感じっていうか。俺のまわりだけ、黄色っぽくて。うるさいような、静かなような」

「それってもしかして、胎内の記憶ってやつじゃないですか」三井寺が半分真顔で言う。

「腹ん中をあんな速さで進みませんよ」

「先輩にしちゃ、非科学的な発言すね」深澤が冷めた調子で言った。「胎内はもちろん、赤ん坊の頃の記憶なんてのはすべて、いつわりの記憶なんですよ。親や親戚《しんせき》の話をもとに、あとから作り出してしまう記憶。覚えているという思い込みです」

「でも、親の顔とか言葉は覚えるじゃないですか」三井寺が口をとがらせる。「ほらこれ、科学的な反論」

「そうすね。だから今の話は、エピソード記憶、つまり出来事の記憶に限ってのことです。幼児期健忘といって、人間は三歳ぐらいになるまでそれがうまくできない」

「へえ、そりゃ知らなかった。詳しいですねえ」三井寺が白旗を上げた。

「昔からちょっと興味があって、本を何冊か読んだんで」

「三歳ぐらいまでの出来事は、全部忘れちまうってことか」壮多が確かめる。

「忘れるというより、思い出せないってことみたいだね。脳が完成する前の記憶は、脳の発達するにつれて埋もれてしまって、うまく取り出せない」

「うまく取り出せない――」壮多はつぶやくように繰り返した。

深澤の言うことはよくわかる。実はさっきの話には、まだ続きがあった。あのぼんやりとした記憶の引き出しが、二年前に大きく開きかけたのだ。

それは、中学の修学旅行で東京を訪れたときのこと。その日、壮多の班はお台場から浅草へ向かっていた。新橋駅でモノレールを降り、地下鉄銀座線の乗り場へ。ホームに電車がすべり込んできた瞬間、脳に電流が走った。

デジャブと呼ぶにはあまりに生々しい、鋭い感覚。班のメンバーを置いて、一人ホームを先頭車両のほうへと走った。発車間際《まぎわ》に飛び乗って、運転席側の窓に張りついた。ゆるやかにカーブを描いてのびる暗いトンネルを見たとき、それは確信に変わった。

乗ったことがある――。

いや、ありえない――頭の冷静な部分がすぐに否定した。東京へ来たのは生まれて初めてだ。母も祖母もそう言っていたじゃないか。別の記憶と混同しているのか？　だが花巻はもちろん、盛岡にも地下鉄はない。仙台の地下鉄には何度か乗ったが、こんな感覚は微塵《みじん》も抱かなかった。

混乱している間にも、記憶の輪郭はますます鮮明になっていった。シルバーの車体にオレンジ色のライン。天井の黄色い照明。静かな車内に響く、レールがきしる音。

どうしても思い出せないのは、幼い自分が、誰とどこへ向かっていたのか――。

「さて、もうしばらく星と戯《たわむ》れますか」三井寺の声で我に返った。

「そうすね」深澤も腰を上げる。「明日は寝坊したっていいんでしょ？」

「はい。日中の予定は、種山高原を散策して、人首《ひとかべ》の集落で木《き》細工《ざいく》小学校の旧校舎を見学するぐらいですから」

木細工小学校の旧校舎は、『風の又三郎』の「小さな学校」のモデルとされている木細工分教場の跡地に建っている。映画のロケ地としても使われ、今もそのまま保存されているらしい。

「惑星も観てみましょうよ」深澤がスマホのアプリを操作しながら言った。「さそり座のちょい上に、木星が見えるはずなんすよ」

17

釜石線の鱒沢駅は、ホーム一つに待合室の小屋がぽつんと建っているだけの場所だった。駅舎もなく、当然無人駅だ。すぐとなりに営業をやめた商店があったので、駐車スペースに自転車を停め、出入り口のそばのベンチで文緒を待つことにした。

今日は三陸への移動日だ。朝八時半に種山高原を発《た》ち、行きとほぼ同じ山道をここまで下りてきた。これから釜石線に乗って釜石へ出て、三陸鉄道リアス線で宮古に向かう。

電車の時間までまだ四十分以上ある。店舗わきに三台並んだ自動販売機で炭酸飲料を選んでいると、深澤が財布を手にやってきた。

迷わずペプシのボタンを押した深澤を横目で見ながら、言ってみる。

「一応訊いとくけど——」

まだ何も言わないうちに、「ねーよ、連絡なら」とさえぎられた。そのとおり、訊こうとしていたのは七夏のことだ。

「あのさ、江口」取出し口のペットボトルをつかみ、深澤が尖《とが》った声で続ける。「いい加減面倒くせえから俺も一応言っとくけど、俺と佐倉さんの間に、付き合うとか付き合わないとか、そんな話は一切ない」

「誰もそんなことは言ってねえ」

「もし佐倉さんから連絡があったら、すぐ江口に伝える。当たり前じゃん。だいたい、連絡が入るとしたら、俺じゃなくてお前にだろ。彼女の居場所に心当たりがつくとしたら、俺じゃなくてお前だろ。お前ら、何年一緒にいるんだよ」

ひと息にまくしたてた深澤に、返す言葉が出てこない。その言い分がもっともだというのを認めたくなくて、今まで触れてこなかったあのことが口をついた。

「……でも、お前——知ってたろ」

「何を」

「七夏のことをだよ。転校してくる前から、知ってたじゃねーか」

壮多は座席表の話をして聞かせた。深澤は顔色一つ変えない。

「んなこと、覚えてねーよ」

深澤がそう吐き捨てたとき、道路のほうで短くクラクションが鳴った。駐車スペースに入ってくる幌《ほろ》付きのトラックに、三井寺が手を振っている。助手席で文緒がぺこりと頭を下げるのが見えた。


　壮多が自転車を担《かつ》ぎ上げ、文緒の父親が荷台の上で受け取る。それを三台分繰り返すと、作業着姿の父親は手ぬぐいで汗を拭《ふ》きながら言った。

「さっき渡した弁当、うちの母ちゃんが作ったんだけんど、レモンのはちみつ漬けだけ、文緒が作ったんだと」

「へえ、そうだったんですか」

「いんや珍しいこともあるもんだなあと思ってよ」父親は破顔して、三井寺たちがいるベンチのほうにあごをしゃくる。「ここはもういいがら、あっちで荷造りしてけろ」

　これから遠野の営農センターへ行くという文緒の父親は、壮多ら三人の着替えや食料、乾電池などを農協のトラックに積んできてくれた。三陸での二泊は民宿に泊まり、電車とバスで移動する予定だ。身軽にしておくためにも、自転車とともにテント、岩石サンプル、汚れた衣類などをここで預け、花巻まで持ち帰ってもらうことになっている。

皆のところへ戻ると、深澤が荷物を地面に広げ、ザックに詰めなおしていた。三井寺と文緒はベンチに並んで座っている。

「——それからこれ、芳本先生からの差し入れです」文緒は紙袋を三井寺に手渡した。「スポーツドリンクの粉末と、塩あめと、シューアイス。ドライアイスは入ってますけど、もって二、三時間かと」

「好きなんですよ、シューアイス」三井寺が中をのぞき込む。「どこのだろ」

「その紙袋」壮多は立ったまま言った。「マルテモールのケーキ屋のですよ」

「それにしても」文緒が三井寺と壮多を交互に見る。「皆さんもう真っ黒ですね」

「幸い天気にも恵まれましてね。巡検も予定どおり進んでます」

三井寺はこの四日間のことをダイジェストして話して聞かせ、今度は文緒に訊ねた。

「そちらの論文は進んでいますか。川端さんのイーハトーブ論」

「ええ、毎日涼しい図書室で書いてます」

「どんなの書いてんの？」荷造りを終えた深澤が、話に入ってきた。

「端的に言いますと」文緒が小さなあごをつっと上げる。「『イーハトーブ世界＝クトゥルフ神話』論です」

「おお、クトゥルフ！」三井寺が目を輝かせた。

「何すかそれ？」壮多は訊いた。見当もつかない。

「H・P・ラヴクラフトという作家がおりまして。一九二〇年代から三〇年代にかけて、独特の世界観の宇宙ホラー小説をたくさん残したんです。短編ばかりですが、テーマは同じ。太古の地球を支配していた異形の宇宙生物が現代に甦《よみがえ》り、さまざまな怪奇や恐怖を引き起こすというものです。その宇宙生物の一つが、クトゥルフ」

「巨大なタコの化け物みたいなやつですよね」三井寺が言った。「いや、僕はRPGをちょっとかじっただけですが」

「ラヴクラフト自身は無名のまま亡《な》くなったのですが、彼のフォロワーたちがその世界観を引き継いで作品を作り続けて、『クトゥルフ神話』として体系化していったんです。日本の作家にもクトゥルフものを書いている人がいますし、今部長が言ったように、最近はマンガやゲームの世界でも人気です」

「俺、何となくわかってきたよ。川端さんの言いたいこと」深澤がにやりとした。

三井寺もしきりにうなずいているが、壮多にはまだ要点がつかめない。

「賢治作品と共通点があると思うんです」文緒が続ける。「どちらの作品群もある種のファンタジーで、一つの基本設定のもとに作られています。クトゥルフ神話の場合は、かつて宇宙生物の一族に支配されていた地球。賢治作品の場合は、岩手を中心に広がるイーハトーブという理想郷。そして、同じ地名やモチーフが作品群に共通して繰り返し登場する」

「ハーナムキヤとかモリーオとか」深澤が言う。「天気輪もそうだよね」

「オリジナルの作者が亡くなったあともその世界が構築され続けているという点も、共通しています。イーハトーブは今でも、物語はもちろん、音楽や映画、ゲームなどの題材になっていますし、学術的な研究も多い。わたしたちのこの夏休みの活動も、イーハトーブ世界をより具体的に体系化しようとする試みの一つと言えなくもない」

「いやあ、立派だなあ」三井寺が感嘆の声をもらす。「自分たちのやっていることが、すごく高尚なことに思えてきましたよ」

しばらくして三井寺が文緒の父親に呼ばれ、深澤に続いて壮多もそちらに向かおうとすると、「江口さん、ちょっといいですか」と文緒に引き止められた。

「ご依頼の、おかしな『銀河鉄道の夜』の件です」文緒はトートバッグから宮沢賢治全集第十五巻を取り出して言う。「お預かりしましたが、読んでみるまでもありませんでした。目次はご覧になりましたか?」

「いや、見てない。『銀河鉄道』しか読まなかったし」

文緒は目次を開き、その中ほどを指で示す。壮多は文緒のとなりに座り、本をのぞき込んだ。

「ほら、ちゃんと〈異稿〉と書いてあります。ここから後ろには、異稿ばかりをまとめて収録してあるんですよ」

「異稿ってのがよくわかんない」

「バージョン違いのことです。この場合は、最終稿に対する初期稿のこと」

「ボツにした原稿ってことか」

「まあそうです」文緒は、しおりがはさまれたままのページを開いた。「この『銀河鉄道の夜』は、初期形第三次稿と呼ばれているバージョンです」

「第三次稿？　何次まであんの？」

「現在広く読まれているのは第四次稿ですが、完成形が何次稿になったかは、もはやわかりません」

「どういうこと？」眉《まゆ》をひそめて訊いた。意味がわからない。

「賢治は十年間も『銀河鉄道の夜』を書き直し続けて、とうとう最終稿を仕上げなかったんです。要するに、まだ未完成。第四次稿の段階でもページ番号すらなくて、矛盾や不備がたくさんある。それをのちの編者たちが苦労して体裁を整えたものを、わたしたちは読んでいるわけです」

「そうなんだ。全然知らなかった」

「ストーリーが違うと感じるのは当然だと思います。第三次稿と第四次稿では、別物といってもいいほど内容が変わりましたから。わたしたちがよく知っている『銀河鉄道の夜』は、『午后《ごご》の授業』——学校で天の川について習うシーンから始まりますが、第三次稿にそんな章はありません。活版所の場面も、家でジョバンニが病気の母親と会話するところもない」

「ああ、言われてみれば」昔読んだものに授業の場面があったことだけは、思い出した。

「そして、もっとも重要なことは、第三次稿の段階では、カムパネルラは死んでいなかったということです」

「——やっぱりか」壮多はうめくように言った。

「天の川の南の果て、みなみじゅうじ座のサウザンクロスまで銀河鉄道がやってきたとき、一緒に乗っていたはずのカムパネルラの姿がふっと消える。ここまでは第三次稿も第四次稿も同じです。第四次稿では、そこでジョバンニは夢から覚め、天気輪の丘を下りて町へ戻り、カムパネルラが川に落ちたザネリを助けようとして死んだことを知る。この悲劇的なラストは、第四次稿で初めて導入されたものなんです」

文緒はしおりを抜き取った。ページをめくりながら「一方ですね」と続ける。

「こちらの異稿——第三次稿では、カムパネルラが車内から消えたあと、代わりにブルカニロ博士なる人物が登場して、ジョバンニは夢から覚める。そして、銀河鉄道でのことはすべて博士の催眠術的な実験だったことが明かされて、物語は終わります。夢の中での博士の台詞《せりふ》に、〈あのひとはね、ほんたうにこんや遠くへ行ったのだ。おまへはもうカムパネルラをさがしてもむだだ〉というくだりはありますが、現実世界におけるカムパネルラの死が明示されているわけではありません」

聞きながら壮多は、文緒の手の中のしおりを見つめていた。

あの日の北上川での口ぶりからして、七夏もこの異稿のことはずっと知らなかったに違いない。教えたのはもちろん深澤だ。

深澤はこの物語について、七夏に何を言ったのだろう。そして、七夏はなぜそこまで「カムパネルラが死なない世界」に心を揺さぶられたのだろう——。

「これはわたしの意見ですが」文緒が言った。「第四次稿のラストで、カムパネルラの自己犠牲による死が描かれて初めて、『銀河鉄道の夜』は不朽の名作となったのです」

二両編成の釜石線は乗客もまばらだった。壮多たちは四人掛けのボックスシートに座っていたが、通路をはさんだとなりの席は丸ごと空いている。

二個目のシューアイスをかじりながら、三井寺が「そうそう」と言ってファイルケースを開いた。クリップ留めの書類を壮多と深澤に一部ずつ手渡す。

「さっき川端さんが持ってきてくれた、追加の『文緒メモ』です。新しい文献を見つけたとかで」

めくってみると海岸線の描かれた地図が載っていて、浄土ヶ浜という文字が見えた。

今日宮古に着いたらまず訪れる予定の景勝地だ。三井寺が言う。

「浄土ヶ浜の三キロほど北に、日出島《ひでじま》海岸というところがあってですね」三井寺が言う。

「そこにも白亜紀の地層が出てるんです」

「宮古層群ですか」深澤が、いっぱしの地学部員のような口ぶりで確かめる。

「ええ。で、川端さんが見つけた文献によれば、そこに『楢ノ木大学士の野宿』の大学士が三日目の夜を過ごした場所と思われる小さな洞窟《どうくつ》があると。ほら、恐竜の足跡化石を発見したり、雷竜の群れに出くわしたりする夢を見る洞窟です」

「なんでその洞窟がそうだってわかるんだろ」

「状況証拠がいくつかあるようですけど。近くなのでとにかく行ってみましょう」

「ここなら――」深澤がスマホで地図を確認する。「浄土ヶ浜からバスですかね」

「『楢ノ木大学士の野宿』については、面白い話がありましてね。賢治先生の時代には、日本で恐竜の化石など見つかるはずがないと考えられていたんです。それでも賢治先生は、宮古あたりの白亜系頁岩《けつがん》に恐竜化石が埋もれているんじゃないかと想像して、この物語を書いた。すると驚いたことにですね、賢治先生が亡くなって何十年も経《た》った一九七八年、日本初の恐竜化石が宮古の北の岩泉で出たんです」

「予言的中じゃん」深澤が眉を持ち上げる。

「もう一個当たってます。その化石は竜脚類のものだったんですが、『楢ノ木』の大学士が洞窟で囲まれた雷竜ってのは、今でいう竜脚類のことなんですよ」

「すげえ、賢治やべえ」

「俺らも、恐竜探すんですか」壮多はぶっきらぼうに言った。もちろん本気ではない。

「恐竜は無理でも、運が良ければアンモナイトが採れるかもしれませんよ。明日、宮古から北上して田野《たの》畑《はた》村まで行くでしょ。そこの海岸はよく化石が採れるので有名なんですよ。僕も何年か前、二枚貝のかけらを見つけましてね」

「貝——地味っすね」深澤が言う。

「いやいや、採ってから言ってくださいよ」三井寺がおどけて口をとがらせる。「意外と感動しますよ、自分の手で採ると」

「でもやっぱ、せめてアンモナイトだな」

「うちの弟と同じこと言ってる」三井寺が笑った。

「弟いるんすか」

「ええ、今十二歳。お土産にアンモナイトをリクエストされてるんですよ」

一時間半ほどで釜石に着き、そのまま三陸鉄道リアス線に乗り換えた。

釜石線と同じようなボックスシートに陣取り、文緒の母親が作ってくれた弁当をたいらげると、急に睡魔が襲ってきた。まず三井寺が居眠りを始め、壮多もいつの間にかまぶたを閉じてしまった。

どのぐらい眠っていただろうか。寝ぼけ眼を車窓に向けると、海が消えている。

「――どこだ、ここ」山あいに広がる田んぼを見ながら、かすれた声を出した。

となりの三井寺はまだ壮多にもたれかかって寝息を立てている。向かいの深澤が、面倒くさそうに言った。

「さっき、陸中山田って駅を過ぎた」

深澤はずっと起きていたらしい。胸の前でノートを開き、ボールペンを握っている。やけに分厚いそのノートのことは、初日から気になっていた。紺色のハードカバーで、サイズはＡ５ほど。相当古いものらしく、カバーの角が擦り切れている。深澤がそこに何を書きつけているのかは、わからない。

壮多の視線に気づいたのか、深澤が「何だよ」と眉根を寄せてノートを閉じる。

「いや……それ、日記か何かか」気まずさを隠して言った。

「まあ、そんな感じだよ」

「日記、昔からつけてんのか」

「んなわけねーじゃん。なんで」

「そのノート、年季入ってっから」

「ずっと家にあったんだよ。これも」

そのとき三井寺が「うーん」とうめいて目を開けたので、会話は終わった。

18

ハイペ海岸は、静かな入り江だった。県道からはすぐだったが、近くに港も民家もなく、人の姿は見当たらない。

三井寺を先頭に石浜を進み、入り江の端に突き出た崖《がけ》に近づいていく。高さ三、四十メートルはあるだろうか。ほぼ垂直に切り立った岩の上に、木々が生い茂っている。

ごつごつした岩肌には、地層の重なりが細かな筋として見えた。この崖も、これまで見てきたのと同じ、白亜紀の宮古層群。およそ一億年前、海底に積もった砂や泥が固まってできた岩だということだけは、さすがにもう理解している。

「素晴らしいですねえ。ほら、宮古層群の層序が丸わかりでしょ？」三井寺が興奮して声を弾ませる。「地層全体が海に向かって三十度ほど傾いてますが、下位から順に、羅《ら》賀《が》層、田野畑層、平井《ひらい》賀《が》層と、ばっちり出てます」

少し遅れてついてきていた深澤が、周囲を見回しながら訊く。

「津波石ってのは、どれのことですか」

「お、よく知ってますね。これですよ、これ」三井寺は、すぐ左手の斜面の下に転がっている巨岩に駆け寄った。三井寺の背丈の倍はある。「3・11までは波打ち際にあったそうですから、このデカいのが十五メートルほど移動したことになりますかね」

あの大津波によって運ばれたということのようだ。深澤はすぐさまカメラを取り出し、津波石にレンズを向ける。そういえば、昨日は海沿いを走る電車の中からも、あちこちで建設中の防潮堤を熱心に撮っていた。そういうことを深澤があらかじめ調べてきていたということが、壮多には意外だった。

津波石を離れ、三人で崖の下まで進んだ。分厚い地層を見上げる。さっき三井寺はこれが三つの層に分かれていると言ったが、壮多には境界などわからない。ただ、下のほうの地層には小石が多く、中ほどから上の層は粒が細かいということは見て取れた。

「ここなら化石がざくざく出るはずなんですがねえ」三井寺が残念そうに漏らした。一帯は県の天然記念物に指定されていて、化石採集はできないという。

「もったいなくないすか？」深澤も憮然《ぶぜん》として両手を広げる。「こんだけいい感じにドカンと出てるのに」

「目に見えるところにアンモナイトが埋まってることもあるらしいんですが、それでも採っちゃダメなんです」

「でも先輩、イギリス海岸では採ろうとしてたじゃないすか。あそこも禁止でしょ？」

「そんなこともありましたね」三井寺が苦笑いを浮かべる。「でも我々は今や花農公認の地学部なんです。法令遵守《じゅんしゅ》でいきましょうよ」

昨夜は浄土ヶ浜の近くの民宿に泊まり、今朝また三陸鉄道で数駅分北上して、田野畑村までやってきた。

昼過ぎまでずっと、ここより少し南の海岸で化石を探していたのだが、大漁というわけにはいかなかった。三井寺が巻貝の化石を二つ。深澤にいたっては、ウミユリかもしれない模様のある平たい破片を一つ見つけただけだ。

二人ほど熱を入れていなかった壮多が、一番の値打ち物を掘り当てた。足もとの丸い石を何気なくハンマーで叩き割ると、小さなアンモナイトがほぼ完全な形で出てきたのだ。三井寺は、「和賀仙人のときの水晶といい、フィールドでの江口君は、持ってますねえ」と感心しきりだった。

三井寺が一眼レフを構えた。崖に近づいたり離れたりしながら、地層をいろんなスケールで撮り始める。深澤は浜にしゃがみ込み、辺りの石を手当たり次第にひっくり返していた。化石がないか探しているらしい。

壮多は裸足《はだし》になって波打ち際に近づき、寄せるさざ波にくるぶしまで浸《つ》けてみた。一日中夏の日差しを受けて火照《ほて》った体に、海水の冷たさが心地よい。

しばらく波とたわむれていると、背後で石浜を踏む音が聞こえた。見れば、キャップをかぶった男が県道のほうから近づいてくる。壮多と深澤は三井寺のもとに集まった。

男は三井寺が腰に下げたハンマーをじっと見た。歳《とし》は六十代ぐらいか。髪は白く、肌は赤黒く潮焼けしている。

「あんたら、化石採りか」男はにこりともせず言った。

「はい。でも、もちろんここでは採ってません」三井寺はしゃちほこばって答える。

「もっと向こうの海岸で、転石を割ってみたぐらいで」

男は、そんなことはどうでもいいという顔で、質問を変える。

「高校生か。どっから来た」

「花巻です。地学部の活動で、調査旅行に――」

「地学部ってことは、一応は専門家だな」男はズボンのポケットから黒い石を取り出した。先が細くなった円柱形で、長さは人差し指ほど。「こねえだ浜で拾ったんだけんども、これ、化石だべ？　もし恐竜の歯だったりしたら、ええことだと思ってよ」

「ああ、なるほど」三井寺はそれを手のひらにのせて、眼鏡を持ち上げた。「化石ですね。見事なベレムナイトです」

「何だべそりゃ」

「イカの仲間といわれていますが」

「イカ？　恐竜でねぐてか」男は初めて黄色い歯を見せ、声を立てて笑った。「イカなら今朝も山ほど上がったじゃ。スルメイカ」

聞けば、男は地元の漁業組合で漁場管理を担当していて、密漁防止のために周辺の海岸を見回っているという。三井寺がこの巡検の話をすると、男が訊《き》いてきた。

「したっけ、宮沢賢治の詩碑は見たか？　三つあるの、知ってっぺ」

「島越《しまのこし》駅のは見ました」深澤が答える。「田野畑駅の二つはこれからです」

「文緒メモ」によれば、賢治は花巻農学校教諭時代に三陸を旅し、田野畑村から宮古まで船で移動している。そのとき作られた『発動機船』という三部作の詩があり、この地で三つの詩碑になっているのだ。

「北山崎は？　わざわざ田野畑まで来たんなら、普通は化石じゃねぐて、あそこの展望台だべや」

「ああ、すごい景色だとは聞いてるんですが」三井寺が言う。「僕ら、歩きなので……」

北山崎展望台は巡検ポイントとして候補には挙げたが、結局あきらめた場所だ。ここからだと片道十キロの道のりになる。

「乗ってぐか？」男は県道の脇《わき》に停めた小さなワンボックスカーを指差した。「ちょうど今から北山の地区センターまで行ぐがら」

男の名は井川といった。急ぎの用ではないらしく、田野畑駅近くの二つの詩碑に立ち寄ってから、展望台へと向かってくれた。県道はいったん海から離れ、山の中に入っていく。

「今晩どごさ泊まんだ？」運転席で井川が訊いた。

「港のほうの民宿です」助手席の三井寺が答える。

「晩飯付きか？」

「いえ、素泊まりで。節約しなきゃなんないんで」

「なら、うちで食ってけ。かかあに言っとぐから」

「え？」三井寺が首を回して後部座席の壮多たちと目を合わせる。「でも……」

「せめてもの恩返しよ」井川は正面を見つめたまま目を細める。

「恩返しって、別に僕たち何も――」

「震災のときよ、花巻からも高校生がいっぺ来てくれたがらな。ガレキの片付けやら、家の泥出しやら、いろいろやってくれてよ」

「ああ、ボランティア――」

「ありがたかった」心の芯《しん》から出たような声で井川が言った。「だがらよ、食ってけ。魚しかねえけんどよ」

峠道を十分ほど上って県道をそれ、また海側に近づいていく。道は下っていかないので、海抜は高いままだ。

すぐに広い駐車場につきあたった。観光バス用のスペースもあるが、夕方五時前ということもあって、乗用車が三台停まっているだけだ。

一時間ほどでまた拾いにくるからという井川をそこで見送り、展望台へと続く道を進んだ。松林の向こうは急激に落ち込んでいるようで、隙間《すきま》からはるか彼方《かなた》の海面が見える。しばらく行くと前方が開け、海にせり出したウッドデッキに出た。

「おお――」三人同時に声を漏らし、柵《さく》に身を乗り出す。

確かに一見の価値がある絶景だ。右の眼下には高さ二百メートルの荒々しい断崖《だんがい》と、海から突き出たいくつもの奇岩。左には太平洋が広がっている。空にはうすくピンクに染まり始めた雲が漂い、わずかに黄味を帯びた水平線で海と溶け合う。

三井寺は「すごい海蝕《かいしょく》洞窟ですねえ」などと言いながら、一眼レフを崖の下に向けた。深澤はスマホの画面に全景をおさめようとしている。壮多はビデオカメラを回し、景色とともにそんな二人の様子を撮った。

斜面を下る散策路を歩き、また展望台まで戻ってくると、さっきは二組ほどいた観光客がいなくなっていた。まだ井川の姿はない。三井寺が柵にもたれ、だんだん陰を濃くしていく断崖を指差して言う。

「あの崖の岩、宮古層群の地層に比べて赤茶っぽいでしょ。火山岩だからなんですよ。前期白亜紀の火成活動で流れ出た溶岩とか――」

三井寺はそこでふと説明を止めた。両ひじを柵にのせ、夕空の色を映した海に視線をやると、また静かに口を開く。

「――僕、夢が三つありましてね。今まさに、その一つが叶《かな》ってます。お二人のおかげで。もちろん、佐倉さん、川端さん、芳本先生も」

三井寺をはさんで立っていた壮多と深澤は、互いに顔を見合わせた。

「地学部を作るってことですか」深澤が確かめる。

「ええ。そして、こうして夏休みに巡検の旅に出る」

妙に感傷的な口ぶりだった。あらたまって礼を言われそうな気がして、壮多は先に問う。

「あとの二つは、どんな夢すか」

「一つはね」三井寺が水平線に向かって言う。「ツーソン・ショーに行く。アメリカのツーソンという街で、鉱物と化石と宝石の大きな見本市が毎年開かれるんですよ。世界中から鉱物ファン、化石マニアが集まってくる」

「コミケの地学版だ」深澤がにやりとする。

「そうそう。オタクとしては、やっぱ一度は参戦してみたいですよね」

「じゃあ、最後の一つは？」深澤が訊いた。

「それはですねえ――」三井寺は少し考えて、いつものように微笑《ほほえ》んだ。

「そもそも夢って、簡単に叶っちゃダメでしょ。打率五割超えるなんてダメ。三つのうち、一つは叶った。ツーソン・ショーは、いつか叶うかもしれない。だから最後の一つは、叶わない夢ってことで」

　そのとき、後ろで「おーい」と呼ぶ声が聞こえた。小道でキャップを振る井川だった。

　座卓と荷物を端に寄せ、布団《ふとん》を三枚敷くと、民宿の一間は畳が見えなくなった。三井寺を真ん中にした川の字は、昨夜と同じ並びだ。

　天井の蛍光灯はもう消してある。深澤は枕《まくら》もとに古めかしい電気スタンドを持ってきて、例の紺色のノートに何か書きつけていたが、うつ伏せのまま寝てしまった。

「旨《うま》かったですね、カツオ」壮多は声を低くして言った。

「まったく」三井寺が天井を見つめてうなずく。「あれで秋にはもっと脂《あぶら》がのってくるっていうんですからねえ。ハラスの塩焼きも美味《おい》しかった」

「腹パンパンですよ。おかずが旨すぎたのもありますけど、メシ五杯も食わされたんで」

「まだ食えるべ、まだ食えるべってね。江口くん、体格がいいから」三井寺は声をひそめて笑う。「でも、奥さん喜んでたじゃないですか。張り切って作った甲斐《かい》があるって」

　井川夫妻は、坂の途中にある一戸建てで二人暮らしをしていた。津波はそこへも到達したそうだが、幸い数十センチの浸水で済んだという。二人いる娘は結婚して県外で暮らしているらしく、にぎやかな食卓は久しぶりだと言って壮多たち三人を歓待してくれた。

「花農祭で、『イーハトーブとは、どこか?』の展示をするじゃないですか」三井寺が言った。「そのとき、でっかい地図を作るでしょ」

「『イーハトーブ全図』ですよね」巡検で撮った写真をそこに貼《は》り付けていく予定だった。

「今日のカツオづくしの食卓と、井川さんご夫婦との記念写真、田野畑村のところに貼りましょう。学会や科学展の発表じゃないんですから、そういうのがあってもいいですよね」

「いいと思います」

そう答えながら、三井寺についてずっと不思議に思っていたことが、また頭をよぎる。

「前から訊きたかったんですけど――」思い切って口にした。「先輩は、卒業したらどうするんですか。就職とか、進学とか」

「働きますよ」三井寺は平然と答える。

「大学は、考えなかったんですか」本当に聞きたいのは、それだった。「地学の研究ができるところとか」

「うち、代々造園業を営んでるんです。父の他に職人さんが二人、あとは母が事務をやっているだけの零細ですけど」

「継ぐんですか」

「長男ですしね。そのために土木造園科に入ったわけで。ご存じのとおり、土いじり、石いじりは性に合ってますから」

「でも――」と言ったつもりが、ほとんど声にならなかった。

「僕は父親っ子でしてねえ。子どもの頃は、よく父の現場についていってました。鉱物にハマったのもそれがきっかけです。父が仕事をしている間、やることがないでしょ。だから、掘り返した土の中から、珍しい石やきれいな石を探すわけですよ。今回みたいに、弟のお土産にする石も」

「弟さんは、ついてこなかったんですか」

「ずっと、車椅子《いす》なんです。生まれつき、骨の病気で」

「――そうなんですか」

「今はまだ両親も元気ですが、そのうちね、僕が弟を支えなきゃいけない部分も、きっと出てくる」

「――はい」

「弟も、ほんとは一緒に父の現場に来たかったと思います。僕の石探しのことを〝宝探し〟っていつも言ってましたから。お土産の石にしても、外で自由に遊べない弟に対して、子どもなりに罪の意識があったからなんでしょうねえ」

「――なるほど」

三井寺は過去のことのように言ったが、壮多にはとてもそうは思えなかった。

「地学ってね」三井寺は声を明るくした。「アマチュアでも十分楽しんだり、活躍したりできる分野なんですよ。プロ顔負けの鑑定眼を持つ鉱物研究家がいたり、学術的に貴重なコレクションを残す化石収集家がいたり。新しい小惑星だって、アマチュア天文家がたくさん発見してるでしょ」

「先輩もそれを目指すわけですか」

「目指すというか、家業をやりながら、地道に研究が続けられたらな、とね。ほら、賢治先生だってある意味、在野の地質学者だったわけで」

つまりそれは、叶わぬ夢ではない。三井寺が明かさなかった三つ目の夢ではないのだ。

その夢とはやはり、大学で学び、プロの鉱物学者、地質学者として世界中を駆け回ることではないのか。そして、以前イギリス海岸で言っていたように、「何か新発見をして、科学を更新」することでは――。

「江口くんは、花巻が好きですか」三井寺が静かに訊いた。

「――まあ、たぶん」

「僕も、好きなんです」

三井寺はそれだけ言って天井に目を向けた。その穏やかな横顔は、「――だから、何も問題ないんですよ」と言っているような気がした。

壮多は体を起こし、自分のザックを引き寄せた。頭のポケットからポリ袋に入ったアンモナイトを取り出して、三井寺に差し出す。

「これ、弟さんに」

「いいんですか」

「宝物だって思える人が持ってるほうが、いいです」照れ隠しに素っ気なく言った。

「先輩が見つけたことにしといてください」

「ありがとう」起き上がった三井寺は、それを両手で受け取った。「ちゃんと伝えますよ。江口君という人がくれたよって」

二人でまた布団に横になる。もうどちらも口を開かなかった。

歳は一つしか違わないのに、三井寺は大人だ。壮多はそう思った。やりたいこと、やるべきことがちゃんとわかった上で、生き方を決めている。選んだ人生にときに苦いものを感じることがあったとしても、三井寺はいつもの微笑みを絶やさずに、前を向いて歩いていくだろう。

それにひきかえ、自分はどうだ。同じ花巻で生きていくにしても、それは本当に自分の意志だと言えるのか。家を出ていった父への反発。母と祖母の存在。そして——左手の小指をゆっくり曲げてみる——鹿《しし》踊り。

どれもこれも、受け身の理由だ。自分の居場所がわからなくなるのが怖くて、知らぬ間にどこかに放り出されるのが恐ろしくて、必死で握っているだけのロープだ。自分の中から出てきたものなど、何もない。

七夏は。もし七夏がずっと花巻にいてくれたら、自分もそこで生きる本当の理由になるだろうか――。

二人の将来を想像しようとすると、耳の奥で七夏の声が甦った。

わたしに寄りかからないで――。

冷たく告げた七夏は、渋谷かどこかの雑踏へと歩き去っていく。そしてその先に、深澤が――。

勢いよく寝返りを打ち、想像を振り払う。となりの布団を見ると、三井寺が寝息を立て始めていた。

壮多もまぶたを閉じてみるが、眠れる気がしない。深澤の枕もとで灯ったままの電気スタンドが気になった。立ち上がり、音を立てぬようそちらに近づく。

スイッチを切ろうと電気スタンドを引き寄せたとき、深澤の頭のほうに寄せてあった座卓から何かが落ちた。あの紺色のノートだ。座卓の上を通していた電源コードが引っ掛けたらしい。

畳に伏せた状態ではあったが、ノートは落ちた拍子に開いていた。最初のほうのページだ。拾い上げようとして、どうしてもその中身に目がいってしまう。

電気スタンドの光に浮かび上がる筆跡を見て、思わず目をみはる。深澤のものとはとても思えない大人の字だ。インクもやや色あせている。いけないとは思いつつ、文字に目を走らせた。

〈五月十九日　快晴　二十二時三十分頃　りょうけん座M3球状星団〉

青いインクでそう記され、次の行から長い文章が続く。

〈最近、一緒に風呂に入っているとよく笑う。お気に入りは、洗面器に空気をためて浴槽に沈め、ひっくり返して気泡をつくる遊びだ。もちろん——〉

突然、枕を抱えていた深澤の腕が、びくっと動いた。一瞬息が止まりそうになる。すぐにノートを閉じ、そっと座卓に置く。これ以上のぞき見の誘惑に駆られるのが恐ろしくて、電気スタンドを消した。

19

五月十九日　快晴　二十二時三十分頃　りょうけん座M3球状星団
最近、一緒に風呂に入っているとよく笑う。お気に入りは、洗面器に空気をためて浴槽に沈め、ひっくり返して気泡をつくる遊びだ。もちろんやるのは僕で、彼は僕の膝《ひざ》の上で見ているだけだ。気泡がボコッと音を立てて弾《はじ》けるたびに、歓声を上げている。

今夜もその遊びをしていて、水面に残ったあぶくを見ていると、ふと賢治の『やまなし』を思い出した。「クラムボンはわらったよ。クラムボンはかぷかぷわらったよ」と言ってやると、彼は妻にそっくりな目をぱちくりさせていた。

人間という生き物は、本当に不思議だ。赤ん坊というのは基本的に、泣くことさえできれば生きていける。食べ物、ミルク、オムツ、眠い、暑い、寒い。そのたびに泣けば、何か必要なものがあるのだと親がわかってくれる。それなのに赤ん坊は、しゃべれもしない段階で笑い始める。他の快楽とは違って、生き延びることとも子孫を残すこととも無関係なのに、人間はほとんど生まれながらにして、「笑う」という喜びを知っている。

笑っている我が子を見る喜びを知っているのも、また人間だけだろう。僕自身、彼が生まれてきてくれるまで、その喜びがどれほど大きいものか、まるでわかっていなかった。

僕は、彼の笑顔を一つ残らず見て、それを数えるようにして生きていきたい。そしていつか、結局数えきれなかったな、と笑える日が来ればいい。

20

小岩井駅は、その土地の知名度に反して、意外なほど小さな駅だった。ホームから見る限り、駅の周りには住宅と商店がぽつぽつとあるばかりだ。

古い木造駅舎を出ると、青い車のそばに芳本が立っていた。「生きてたか」と丸眼鏡の奥の目を細め、壮多ら三人の顔を順に見る。

案内板と並んで建っている『小岩井農場』の詩碑の前で記念写真を撮ったあと、駅前の通りに一軒だけ見つかった中華食堂で早めの昼食をとることになった。好きなものを好きなだけ頼めと芳本が言うので、人数分のラーメンと餃子《ぎょうざ》の他に、遠慮なく唐揚げやカニ玉、エビチリなどを注文した。

「そろそろ疲れが溜《た》まってる頃かと思ったけど、それだけ食えるんなら大丈夫だな」芳本がにやりとする。

「一昨日はほとんどオフみたいなものでしたから。区界《くざかい》まで移動しただけなんで」三井寺が言った。

「昨日の兜明神岳《かぶとみょうじんだけ》も、ハイキング感覚で登れましたしね」深澤が付け加える。

一昨日は宮古でゆっくりしたあと、夕方のＪＲ山田線で再び内陸部に向かい、区界駅で下車した。区界は宮古市と盛岡市の境に位置する高原地帯で、地形的には早池峰山から北西にのびる稜線《りょうせん》の先にあたる。

　駅からほど近い「少年自然の家」に宿泊し、翌日は区界高原のシンボル、兜明神岳に登った。鋭く尖った頂きをもつこの三角錐《すい》の山もまた、典型的なモナドノックだ。「文緒メモ」によると、賢治自筆の水彩画「日輪と山」は兜明神岳を描いたものではないかという説もあるらしい。

　高原を散策しながら登山口に向かい、そこから山頂まで約一時間。最後の三十メートルほどは岩登りで、切り立った岩場はすべて早池峰山と同じく蛇紋岩だった。帰りは水晶の森と呼ばれる場所に立ち寄り、水晶を探した。いくつかは見つかったが、透明度の高いものはなかった。

　区界を発《た》ったのは今日の早朝だ。山田線で盛岡まで出て軽い朝食をとり、田沢湖線に乗り換えてここ小岩井までやってきた。

　やがて、料理が次々と運ばれてきた。餃子を一つ口に放り込み、芳本が訊《たず》ねる。

「三陸はどうだった。化石は採れたかい？」

「芳《かんば》しい成果とは言いがたいですが」三井寺が眉尻《まゆじり》を下げる。「江口君のおかげで、花農祭で展示しても笑われない程度には」

　食事をしながら、三陸での出来事を、井川夫妻との出会いも含めて報告した。芳本は、顧問として礼状を出したいからと、三井寺に彼らの住所を聞いていた。

食べ終えると、芳本は「そういえば」とスマホを取り出した。

「知ってるだろうけど、台風が来てる」天気予報のサイトを表示させながら言う。

「はい、電車の中でもみんなでその話を」

「今はまだ沖縄の南だが、四日もするとこっちに近づいてくるかもしれない」

画面の予想進路図を皆でのぞき込んだ。三日後には朝鮮半島に接近し、そのまま日本海の大陸寄りを北東に進むことになっている。

「まだ予報円が大きいんですよね。そこが悩ましい」三井寺が言った。

「四日後というと、花巻に帰ってくる前日だろ。まだ山にいるか」芳本が確かめる。

「ええ。縦走の最終日、八幡平に向かう日ですね」深澤が答える。

二週間の旅も、今日から最後のパートに入る。イーハトーブの中心地、岩手山とその周辺の巡検だ。

そのラストを飾る一大イベントが、二泊三日の裏岩手縦走登山だった。東北麓《ろく》から岩手山に入り、山頂から西に続く尾根を進み、岩手と秋田の県境をなす稜線を北に向かって八幡平まで行くというコースだ。八幡平を下りて一泊し、翌日花巻に戻って全行程終了ということになっている。

「台風、一日遅れて来てくれたらいいんですがねえ」三井寺が恨めしそうに息をついた。

「大丈夫じゃないすか」深澤は事もなげに言う。「今朝も天気予報で言ってましたけど、このまま太平洋高気圧の勢力が強ければ、中国のほうに進む可能性も十分あるって」

「だとしても、天気の悪化は避けられないと思いますよ」

「まあ、多少の雨風なら、三日目、夜明け前に出発してダッシュで八幡平に向かえば、いけるっしょ」

やけに楽観的な深澤は、どうしても縦走をやりとげたいらしい。巡検の計画を立てた際、八幡平まで足をのばしたいと強く言ったのは深澤だ。縦走のルートもほとんど深澤が決めたと聞いている。

「いや」と芳本が厳しい声を出した。「絶対に無理はしないでくれ。山に入ったら僕にこまめに連絡を入れること。携帯が通じない場所での判断は三井寺君に任せるしかないが、不安なことが少しでもあれば、引き返す勇気を持ってほしい」

「わかりました」三井寺が真顔で応じる。「例えばですが、もし途中で引き返した場合、台風が去るのを待ってリトライなんてことは――」

「それについては教頭にも相談してみたんだけど、天候不順による旅程の延長はやはり認められないとのことだった。部活として旅費の補助を受けている以上、そこは従ってほしい。再挑戦するなら、機会をあらためてということになる」

三井寺ははっきりとうなずいたが、深澤はどこか憮然とした表情で、じっと台風の進路図を見つめていた。

「川端さんとの待ち合わせは何時だい？」芳本が腕時計に目をやる。

「一時です」

「じゃあ、駅舎で待つか。僕もお父さんにご挨拶《あいさつ》していこう」

文緒と父親があのトラックで小岩井駅まで来てくれることになっていた。今日から裏岩手縦走登山まではまた自転車移動、キャンプ場泊なので、預けた自転車とテント、補給物資や登山の装備などを運んできてもらうのだ。

店を出ると、芳本が再び「そういえば」と言った。壮多の顔を見て続ける。

「君のクラスの担任から聞いたんだが、佐倉さんのお母さんと二週間ぶりに連絡がついたらしい。佐倉さんは今、親戚《しんせき》のところじゃなくて、北海道にいるみたいだぞ」

「北海道？」予想もしていなかったことに、声が上ずる。「そんな、なんでそんなところに――」

「母娘二人で旅行だそうだ」

「いや、でも……」

思わず深澤のほうを見た。目は合ったが、深澤はただ肩をすくめるだけだ。芳本が続ける。

「お母さんの話では、旅行から戻ったら夏休み中も部活に出るし、もちろん二学期の頭からちゃんと登校すると本人は言っている、と」

「部活って、地学部ですか、美術部ですか」深澤が訊いた。

「さあ、どっちもじゃないのか」

「まあ、元気ならそれでいいじゃないですか」三井寺が微笑む。「それにしても、我々を置いて先にイーハトーブの果てまで行っちゃうなんて、ずるいですよねえ」

壮多は今も三日にあげず、七夏にメッセージを送り続けている。ただの旅行なら、なぜ返信を寄越さないのか。にわかには信じがたい話だった。

食堂を出て小岩井駅まで戻ってくると、深澤が駅舎を外から写真に撮り始めた。切妻屋根の木造駅舎は、驚いたことに大正十年の開業時から建て替えられていないという。三井寺は詩碑の横の案内板を眺めている。

芳本が「江口君、ちょっと」と言って、駅舎の中へと手招きしてきた。ベンチのとなりの席に壮多を座らせて、唐突に切り出す。

「今朝、花田先生としゃべったんだ」

「――はい」花田は鹿踊り部の顧問だ。

「一昨日の総文、優秀賞をとったそうだな」

「――みたいすね。よかったです」

もちろん壮多のもとへもすぐに連絡が届いていた。全国高等学校総合文化祭、伝承芸能部門の本番が八月一日にあり、鹿踊り部は練習の成果をいかんなく発揮して、第二位にあたる優秀賞・文化庁長官賞を獲得した。

今年の総文は熊本県で開かれたので、部員総出で応援というわけにはいかず、出場メンバーに加えて司会、撮影などの要員が数人参加した。その希望者が募られた際、壮多は手を上げなかった。この巡検がなかったとしても、自分が出るはずだった舞台を観《み》に行く気にはなれなかったかもしれない。

「で、花田先生から君に伝言を頼まれた」芳本は小さく嘆息した。「わざわざ言わなきゃならないほどのことかと思ったけど、一応伝えておく。『山下は立派にやり遂げた。江口もうかうかしていられないぞ』とのことだ」

「――そうですか」

「本番の動画も――演舞の一部だけど、もらってきた。君に見せてやってほしいと。見てみるかい？」

「いや――」と首を横に振ってから、芳本に弱みを見せるのが急に恥ずかしくなった。

「やっぱ、見ます」

芳本はスマホを操作して、壮多に手渡した。画面にステージが映っている。再生のマークをタップすると、太鼓の音とともに、舞台袖《そで》からカシラと装束に身を包んだ八人が現れる。壮多の代役の山下は、右端から二番目の位置についた。

踊りが始まる。基本の一番庭、二番庭に、案山子《かかし》踊、綱踊などを組み合わせたオリジナルの演舞だ。全体の中での山下の動きを気にかけているうちに、その踊りから目が離せなくなった。そして、花田の伝言がただはっぱをかけるための言葉ではないことを理解した。

山下はさらに進歩していた。その舞いに壮多のようなダイナミックさはないが、人の目を惹《ひ》きつける美しさがある。持って生まれたセンスだろう。動きのタメやキレは、もはや三年生メンバーをしのぐほどの風格を漂わせていた。

どういうわけか、端のほうで踊っているはずの山下が、中立ちに見え始めた。そう、そうなって何もおかしくはない。何も——。

三分ほどの動画が終わっても、すぐには動けなかった。無意識のうちに溜めていた息を、大きく吐き出す。どうやらまともに呼吸をしていなかったらしい。

かすれた声で礼を言いながら芳本にスマホを返したとき、駅舎の出入り口で深澤がじっとこっちを見ていることに気がついた。

荷物を自転車に積み込み、芳本と川端父娘に手を振って駅前を出発したのは、午後二時前。今日のプランは雫石《しずくいし》と小岩井農場を見て回ることだった。

いったん南下して、秋田街道を西へ。雫石駅に至る前に右手に現れるこんもりとした丘の群れが、賢治作品にたびたび登場する「七つ森」だった。高台から地形図を片手に眺めると、生森《おおもり》、鉢森、勘十郎森など七つの森山が確かに判別できる。

　田んぼの向こうに緑の丘がぽこぽこと列をなすさまを見て、三井寺は「『どんぐりと山猫』のまんまですねえ」と感心していた。「文緒メモ」で引用されていた、〈みんなたつたいまできたばかりのやうにうるうるもりあがつて、まつ青なそらのしたにならんでゐました〉という表現のことらしい。

　それからまた小岩井駅方面に戻り、今度は県道を北上して、小岩井農場に向かった。県内随一の観光地だけあって、壮多たちの自転車をひっきりなしに車が追い抜いていった。

　明治時代に建てられたという農場本部の建物を見学し、資料館を訪ねたあと、小岩井乳業の駐車場から「狼森《おいのもり》」を眺めた。童話『狼森と笊森《ざるもり》、盗森《ぬすともり》』で有名な小高い丘だ。さらに北に進み、笊森、黒坂森、盗森も探したが、それだとはっきりわかる場所は見つからなかった。

　今日の宿泊地、相の沢キャンプ場には夕方六時過ぎに着いた。岩手山の南麓、鞍掛《くらかけ》山のふもとにあるキャンプ場だ。鞍掛山は賢治が愛した山で、キャンプ場の敷地に『くらかけの雪』の詩碑がある。

テントを張って、すぐ夕食にした。飯盒《はんごう》で炊《た》いた米にレトルトの牛丼《ぎゅうどん》の具をかけた簡単なものだ。まったく箸《はし》が進まない壮多を見て、三井寺が心配そうに眉をひそめる。

「どうしました？　体調悪いんですか？」

「――いや、大丈夫です。昼、久々に脂っこいもの食ったんで」

「でも、何だか今日はずっと元気なかったですし」

「いえ、別にそんなことは。元気です、普通に」

そう応じたものの、実際は三井寺の言うとおりだった。芳本たちと別れたあとは、ほとんど口もきかず、ぼんやり二人に付いていっていただけだ。記録係としての役目さえ忘れかけていた。三井寺にうながされたときはビデオカメラを回したが、何をどう撮ったか、よく覚えていない。

三井寺に見つめられながら、コッヘルの米を箸で目いっぱいすくう。それを口につめ込んだとき、ズボンのポケットでスマホが短く震えた。バッテリー節約のため、決まった時間以外は電源を落とすことにしているのだが、今日はぼうっとしていたせいか、起動したままだったようだ。

画面に表示されたメッセージの通知を見て、むせそうになった。差出人の名は、〈七夏〉。慌《あわ》てて立ち上がり、口の中のものを無理やり飲み込みながら、その場を離れる。

キャンパーたちのいない草地の真ん中に向かって何十メートルか進み、震える指でメッセージを開く。

〈鹿踊り部の先輩たち、優秀賞よかったね。わたし、青の果てがどんな色か、わかった気がする。でも、わたしにそれが描けるかどうか、わからない〉

それだけだった。北海道にいるとも、母親と一緒だとも書いていない。

そして、「青の果て」。

初めて聞く言葉だと思ったが、〈色〉と書かれているからには、「夜になりかけの空」の青のことに違いない。その色を、ついに見つけたというのだろうか。もしかしたら、北海道の地で――。

壮多は空を見上げた。日はまだ沈んだばかりで、薄い雲がたなびいている。東のほうはもう漆黒に近かったが、西の夕焼け空との境目は、青というより紫色に見えた。

そのまましばらく草地をさまよい、どう返信するか考えた。悩んだ挙句送ったのは、〈北海道にいるのか？　花巻にはいつ帰ってくる？〉というつまらないものだった。

テントのほうへ戻ると、三井寺の姿がなかった。

深澤が一人、星空撮影の準備を始めている。区界では二晩とも雲が多く、撮影をあきらめたが、今夜はトライする価値がありそうだった。

「先輩は？」壮多は訊いた。

「炊事場。洗い物して、コーヒーの準備してくるって」深澤が作業の手を止め、真っすぐ見上げてくる。「そっちは？　何してたの」

　別に、と口にしかけて、やめた。数日前、鱒沢駅で深澤に言われた「もし佐倉さんから連絡があったら、すぐ江口に伝える」という言葉を思い出したのだ。

「あいつから――」壮多はぼそりと言った。「七夏から、メッセージが来た」

「へえ」深澤はさして驚きもしない。「やっぱ北海道旅行だって？」

「いや、そのことは書いてなかった。総文の――鹿踊り部のことだけだ」

「ああ、何か賞をもらったってやつね。さすが花農が誇る名物部活」

　壮多の顔が強張《こわば》る。やはり、駅舎での芳本とのやり取りを聞いていたのだ。深澤は悪びれもせず続ける。

「ま、佐倉さん本人からも連絡があったんだから、とりあえずはよかったじゃん」

「どこがだ。事情は何もわからんままだ」

「帰ってきたら訊きゃいいじゃん。二度と会えないわけじゃあるまいし」

　舌打ちをしてにらみつけた壮多に構わず、深澤は望遠鏡の準備を再開する。

　その様子を見ているうちに、壮多はもはや当初の目的を忘れかけていることに気がついた。消えた七夏について、深澤から何かを探り出すという目的だ。

　深澤と七夏の間には、壮多の知らない何かがある。それは確かだと今も思っている。

　だが深澤は、少なくとも嘘《うそ》はついていない。七夏と連絡を取ってもいないし、今どこで何をしているのかも本当に知らないのだ。深澤と十日間近く寝食をともにする中で、壮多は無意識のうちにそのことを感じ取っていた。

七夏はどこかに隠れているわけではない。おそらく一人で何かを解決しようとしている。そこには深澤も何らかの形で関係しているはずだが、七夏は自分自身の問題だと考えているのだろう。それが解決していないから連絡を絶っているのだろうし、解決すればきっと帰ってくる。

だから、その問題が何かを問うべき相手は、深澤ではないのではないか。深澤に口を割らせるようなことを、七夏は望んでいないのではないか。〈深澤君のせいじゃない〉という七夏の言葉の意味が、今になってぼんやりとわかり始めていた。

深澤が、「あ、そうだ」とまた顔を上げた。

「GPS、貸してくんない？　マニュアルも」

「何に使うんだ」

「縦走のことで、ちょっと調べときたいことがあるんだよ」

小さく息をついて自分のテントに行き、ザックからハンディGPSとマニュアルを取り出した。それを無言で差し出すと、深澤がこちらの顔を凝視して言う。

「今日はマジでずっと、この世の終わりみたいな顔してんな」

「ああ？」

「そんなに佐倉さんが心配か」

「そういうことじゃねえ」

「だったら、鹿踊り部のことかよ」

　何も言い返せず、ただ唇を震わせていると、深澤の目つきが急に真剣味を帯びた。

「絶望ってのはさ、江口」したり顔をして言う。「愚か者の結論だぜ」

21

三月十七日　晴れ　二十二時頃　かに座プレセペ星団の食

　観測日誌にときどき彼の成長記録を書き添えるようになって、今日でちょうど一年になる。彼が六カ月のときにつけ始めて、あっという間に一歳半だ。読み返すと、そのときの嬉しさや心配事を鮮明に思い出すことができる。これからも続けていこう。

　昨日、東京に春の雪が三センチほど積もった。彼にとっては初めて触れる雪だ。マンションの前が真っ白になっていることに驚いたのか、なかなか一歩目が出ない。それでもしばらくすると、小さな長靴でそれを踏み始めた。そのあとはもう絶好調だ。まだ危なっかしい足どりで雪を蹴散《けち》らしながら走り回り、何度も転んで服をどろどろにした。

　きれいな雪をかき集めて、一緒に小さな雪だるまを作った。『雪渡り』のような凍った雪ではもちろんなかったけれど、「堅雪かんこ、しみ雪しんこ」と声をかけながら、ソフトボールほどの雪玉を二つ、手でかためた。

今朝にはもう、ベランダに飾っていた雪だるまは完全に溶けて消えていた。それに気づいた彼は、納得できないという表情で僕を見上げ、「ないない、ないない」と繰り返し訴えた。理解できないことはわかっていたが、僕は雲を指差しながら、「雪だるまさん、なくなったんじゃなくて、お水になって、そのあとお空に帰っていったんだよ」と伝えた。

彼の不思議そうな顔を見ながら、思った。彼の姿も、見る間に変わっていく。ついこないだまでただ寝ているだけの赤ん坊だったのに、今はあちこち歩き回り、言葉らしきものを発しながら、初めてだらけの世界と触れ合っている。今に男の子になって、少年になって、やがて男になるのだ。

僕が哺乳《ほにゅう》びんをくわえさせていた頃の彼は、もうこの世にいない。ハイハイをしていた彼も、初めて支えなしに立ったときの彼も、二度と僕の前に現れてはくれない。

子育てというのは、我が子の小さな生と死を絶え間なく経験していく過程のことだ。それを成長と呼ぶのは簡単だけれど、僕はその意味をいつまでも胸に刻みつけておこうと思う。

22

展望台から見ると、目の前に広がる岩原は一面真っ黒で、草一本生えていなかった。

この「焼走り溶岩流」は、岩手山の山腹からここまで四キロも続いているという。

散策路を歩いてきたときによくわかったが、一帯に敷きつめられているのは、せいぜい数十センチのがさついた赤黒い岩だ。三井寺によると、火口から流れ出た溶岩が冷え固まった火山岩の一種で、安山岩と呼ばれるものらしい。

「この噴火があったのは江戸時代ですから――」三井寺が言った。「ここの人々は、真っ赤な溶岩が山の斜面をものすごい勢いで流れ下るのを目撃したわけです。恐ろしかったでしょうねえ。この地を捨てなきゃならないと思ったかもしれない」

「確かに」と壮多はうなずいた。展望台の下に賢治の『鎔岩流《ようがんりゅう》』の詩碑があったが、〈畏るべくかなしむべき砕塊熔岩《ブロックレーバ》の黒〉という一文の意味がわかった気がしてくる。

深澤は、まだ浮かない顔で柵に寄りかかっている。三井寺の解説も聞いているのかどうかわからない。

鎖が張られた散策路を県道まで戻る。目の前が昨夜泊まった焼走り国際交流村だ。県道を左に行くと、すぐに岩手山の焼走り登山口があった。泊りがけの本格的な登山は壮多にとって初めての経験だ。登山届を提出すると、さすがに気が引き締まった。時刻は午前八時半。溶岩流の観察に思ったより時間を使ったので、予定より三十分遅れのスタートだ。

自転車の隊列と同じく、三井寺、深澤、壮多の順に林道に踏み入れる。この「焼走りコース」は、熔岩流の縁に沿って続いている。一番人気のルートではないらしいが、登山客の姿が前後に数組見えた。

しばらくは緩やかな上りだ。ミズナラとブナの間を、黒い土を踏みしめて進む。空は快晴で、蒸し暑さもない。台風が近づいているとは思えないほどだ。

昨日はまず、相の沢キャンプ場の裏にある鞍掛山に登った。昼過ぎには自転車でキャンプ場を発ち、岩手山の北東麓に位置する焼走り国際交流村へ。途中、滝沢駅方面に大回りして、スーパーで最後の買い出しを済ませた。

夜は国際交流村のキャンプ場にテントを張ったのだが、村内には温泉や食堂があり、巡検を締めくくる登山に向けて英気を養うのにぴったりだった。

昨日丸一日をかけ、壮多は何とか気持ちを立て直しつつあった。とりわけ鹿踊り部のことについては、ここで悩んでいても仕方がない。小指はまだ万全ではないが、巡検が終われば練習も再開できる。練習さえ始めれば、自信も取り戻せるはずだ。十月の県大会まで、その時間は十分ある。

その一方で、昨日から深澤の機嫌がよくない。太平洋高気圧が勢力を弱め、台風の予想進路がどんどん本州寄りになっているからだ。

当初の予定は、こうだった。今日午後に岩手山――正確には薬師岳――の頂上を踏み、一泊目を過ごす不動平避難小屋へ。夜は山頂で星空撮影をおこない、朝は御来光を拝む。明日は西岩手山の火口を観察しつつ尾根を西〜北西に進み、釣鐘山にある無人小屋で二泊目。明後日は岩手・秋田県境の稜線を北上し、八幡平まで行くことになっていた。

だが天気予報によれば、明日遅くには雨が降り出し、徐々に風雨が強まって、明後日は大荒れになるという。八幡平へ向かう途中のどこかで下山せざるをえないだろう。

深澤は昨夜、縦走にかける日程を一泊二日に短縮することを三井寺に提案していた。今日のうちに釣鐘山の小屋まで歩けば、明日の午後には八幡平にたどり着けるというのだ。

確かにそれも十分可能なプランではあったが、岩手山での観察や撮影はすべて省略ということになる。対して八幡平には、賢治にまつわる地学スポットがない。三井寺は首をたてに振ることなく、「我々は山岳部ではなく、地学部なんですよ」と穏やかに説いて聞かせた。

深澤は渋々引き下がったが、天候が許す限り行けるところまでは行きたいとしつこく言っていた。なぜ深澤がそこまで縦走にこだわるのか、理由はよくわからない。

それよりも――。気になって仕方がないことがあった。

絶望とは、愚か者の結論。

壮多の心に父が刻みつけた、ほとんど唯一《ゆいいつ》の言葉だ。それと同じことを、一昨日の夜、あの深澤が口にした。

ただの偶然か。常識的に考えれば、きっとそうなのだろう。父が考え出した言葉というわけではなく、格言の類《たぐ》いに違いないのだから、大勢の人間が知っていて不思議はない。それでもやはり、何かが引っかかっていた。

一時間半ほど登ると、左手に岩場が見えてきた。登山道の脇《わき》に〈第2噴出口跡〉という標識が立っている。

「ここだ。行ってみましょう」三井寺のあとに続き、木々の間をぬって岩場に向かう。

がさついた黒い岩でできた高台に立つ。頂きのほうを見上げると、南部富士と称《たた》えられる優美な輪郭がくっきりと青空を抜き取っていた。今度は来た方角を見下ろす。緑の裾野《すその》に、黒い岩原が扇状に広がっている。起点はちょうど今いる辺りだ。

「焼走り溶岩流の噴出口は五つあると考えられているのですが、地形としてよくわかるのは、ここ第2噴出口と、第1だけなんです」

「第1ってのは、どこですか」深澤が水を飲みながら訊いた。登っているうちに、少しは気を取り直したらしい。

「第1はですね――」三井寺が首を山頂のほうに回した。少し先で緑の中に突き出た黒い丘を指差して言う。「あそこです。ここもそうですが、噴出口が盛り上がっているのは、スコリア丘を形成しているからなんですよ」

三井寺によれば、火山内部のマグマには炭酸飲料のようにガス成分が溶け込んでいるそうだ。噴火すると、容器の栓を抜いたときのようにガスが勢いよく抜け出し、マグマは細かく砕けながら周囲に飛び散る。それが冷え固まった岩石がスコリアで、しばしば火口の周りに丘をつくるという。

しばらくそこで写真やビデオを撮り、登山道に戻った。しばらく行くと斜度が上がり、眺望が開ける。第1噴出口のスコリア丘にさしかかったらしい。三井寺がまた足を止め、斜面を埋めつくす石を二つ拾い上げる。片方は黒く、もう片方は赤い。

「ほら、一面全部こういう石になってきたでしょ。典型的なスコリアです。ガスが抜けたせいで、穴だらけでスカスカ。鉄分が酸化すると、こっちの石みたいに赤くなる」

壮多も一つ手に取ってみた。確かに小さな穴がたくさん空いていて、軽石のようだ。

第1噴出口跡でも記録をとり、さらに登っていく。三十分も歩くと、また林の中に入った。登山道の両側に、糸のような花弁の白い花が咲いている。深澤がスマホでその写真を撮り、画面を操作して「たぶん、ミヤマカラマツ」と言った。撮影した植物を鑑定してくれるアプリがあるらしく、深澤はこの巡検中よく使っている。

五合目にあたるツルハシ分岐でちょうど昼になった。スナックを腹に入れてエネルギーを補給し、また歩き出す。樹林帯のきつい登りが始まり、三人とも無言になった。背中のザックが足腰を痛めつける。二泊三日分の荷物に加えて、星空撮影の機材を分担して背負っている。壮多がザックにくくりつけているのは、一番重い三脚だ。せめて今夜まで晴天がもつことを祈りながら、一歩ずつ足を踏み出す。

一時間ほど絞られると、屏風《びょうぶ》のようにそびえ立つ岩と小屋が見えてきた。今夜の宿ではないが、やはり避難小屋だ。ザックを下ろし、ひと息入れる。もう少し上がれば森林限界を越える。木々の向こうに、ハイマツやシラビソを緑のスカートのようにまとった頂きがくっきりと見えた。

壮多はＧＰＳで現在地を確認した。標高は一七七〇メートル。あとは、高さにして二七〇メートルほどの斜面を、山頂のあるお鉢まで一気に登っていくことになる。

お鉢の上を歩いているうちに、太陽が西の山並みに隠れ始めた。

火口を囲むこの稜線上には、まだ人影がいくつか見える。やっとここまでたどりついた人々かもしれないし、夕日を見に出てきた人たちかもしれない。

壮多たちの目的は夕日ではなく、星空だ。祈りが通じたのか、あるいは台風にすべて吸い込まれてしまったのか、空には雲一つない。

山頂には午後二時前に到達した。火口の観察をしながらお鉢巡りをして、不動平避難小屋に入ったのが三時過ぎ。寝床を確保してしばらく横になり、フリーズドライのピラフとお汁粉の夕食をとってから、星空撮影に必要なものだけを持って再びお鉢まで上がってきた。

火口の西側、登山道の脇の開けた場所に、荷物を置く。お鉢巡りをしたときに見つくろっておいて場所だ。深澤がランタンを灯した。

ヘッドランプをつけた二人組が、急ぎ足で小屋のほうへと下りていく。その後ろ姿を見送りながら、三井寺が言う。

「賢治先生たちは、これから登り始めたんですからねえ。真夜中の岩手山なんて、怖くなかったんでしょうか」

「やばいですよね」深澤がうなずく。「当時はヘッドランプなんかなかったわけだし」

「何の話すか」壮多だけがわかっていない。

「ほら、『東岩手火山』ですよ。文緒メモに載ってたでしょ」

「ああ――」思い出した。賢治が花巻農学校の生徒たちを連れて、御来光を拝むために夜行登山をしたときの詩だ。

三井寺がファイルケースの「文緒メモ」を手渡してくれた。ランタンに近づいて、そのページを開いてみる。

〈月は水銀　後夜の喪主
火山礫《れき》は夜の沈澱
火口の巨《おお》きなゐぐりを見ては
たれもみんな愕《おどろ》くはずだ〉

壮多はお鉢の中に目を向けた。地形図によると、この薬師火口は直径が五〇〇メートルもある。すでにほとんど陰になっているせいか、〈巨きなゐぐり〉はその底に何か得体の知れないものを秘めているように思えた。

火口内の西側に、一段と黒く見えるくぼみがある。あれが御室《おむろ》火口で、一六八六年の噴火でできたものだ。昭和以降も噴気を上げることがあったという。お鉢巡りのときに三井寺が教えてくれた。

今度は月を探した。〈水銀〉と表現するには黄みを帯び過ぎた三日月が、西の空の低い位置にかかっている。同じ方角を眺めていた三井寺が、うっとりと言う。

「星を見るには早すぎたかと思いましたけど、いいものが見られましたねえ」

いつの間にか太陽は完全に沈み、山並みからはオレンジ色の残光だけが漏れ出ている。空の色は、三日月の上あたりから深い青に変わり、天頂に向かってそれがどんどん濃くなって、東の漆黒へとつながっていく。

「これが、あの『薤露青《かいろせい》』なんですねえ。本物の」三井寺が言った。

撮影の準備を始めていた深澤も、手を止めて空を見上げる。

確かに、ここまで澄んだ深い青の空は、生まれて初めて見たかもしれない。標高が高いせいで、余計にそう見えるのだろうか。

見つめている間にも、薤露青の空には東からの闇《やみ》がしみ込んでいき、次第にありふれた夜空に近づいていく。

本当に束《つか》の間《ま》の、はかない青だ。そういえば、「薤露」というのは、命のはかなさを表す言葉だと文緒が言っていた。七夏のメッセージにあった、「青の果て」という言葉が浮かぶ。そう。薤露青というのは、まさに青の果ての色なのだ。

壮多はふと確かめてみたくなった。

「『青の果て』ってのも、賢治の言葉なんですか」

「青の果て？」三井寺が首をかしげる。「さあ、僕は聞いたことがありませんが……」

「――青いところのはて」

深澤が空を見上げたまま言った。

「『オホーツク挽歌《ばんか》』って詩に出てくるんだよ。〈とし子はあの青いところのはてにゐてなにをしてゐるのかわからない〉」

「とし子というと、賢治先生の亡《な》くなった妹トシ――」三井寺が言った。

それはさすがに壮多でも知っている。授業で習った『永訣《えいけつ》の朝』という詩には、少なからず衝撃を受けた。〈けふのうちに　とほくへいつてしまふわたくしのいもうとよ〉〈あめゆじゆとてちてけんじや〉——。

「トシが死んだのは、一九二二年。賢治が二十六歳のとき」深澤は、まるで賢治研究家のような滑らかさで淡々と続ける。「翌一九二三年、賢治は北海道を経由してサハリンまで旅をしてる。この旅行は、トシのレクイエムを作る旅だった。そこで書かれた詩の一つが、『オホーツク挽歌』」

「めっちゃ詳しいじゃないですか」三井寺が目を丸くして言った。「そんなこと、文緒メモにも載ってないのに」

「一番最初に芳本先生にもらった〝イーハトーブ問題〟の論文に書いてあったんですよ。『イーハトーブ』という語は、そのサハリン旅行がきっかけで生み出されたんだろうって。賢治作品の中で最初に『イーハトーブ』という語が登場するのは、『氷河鼠《ねずみ》の毛皮』という童話と『イーハトヴの氷霧』という詩の草稿で、どちらもサハリン行きの前後に書かれている。『イーハトーブ』の語尾はおそらく〈ｔｏｖ〉で、ロシアや東欧の地名からヒントを得たんだろうって。

　だから、賢治の中で『イーハトーブ』のイメージは初期の段階から、岩手から北方に向かって大きく広がっていたに違いない。それが論文の結論でした」

「なるほど、面白い」三井寺があごを撫《な》でた。

「死んだ妹がそこにいるってことは――」壮多は言った。「〈青いところのはて〉っての は、死者の国か」

「だろうね」深澤がこちらを見ずにうなずく。「賢治にとって青は、とくに深い青は、この世とあの世をつなぐ、境目の色だから。『薤露青』も、その色の空に流れる天の川に、死んだトシのことを想《おも》って書かれてる」

壮多は、もうほとんど青を失いそうな空をまた見上げた。光あふれる青空が生の世界なら、漆黒の夜は死の世界。その移り変わりに一瞬だけ現れる深い青に天地が包まれるとき、二つの世界が交差する――。

七夏は、そのことを知っているのだろうか。知った上で、その色を探しに、賢治と同じように北へ、北海道へと向かったのだろうか――。

深澤の声がどこか冷たく響く。

「サハリンへの鉄道旅行は、トシの魂の行方を探す旅だった。翌年には『薤露青』を作り、それをもとにして『銀河鉄道の夜』を書き始めた。死者の世界へと向かう鉄道の物語。銀河鉄道のモデルは岩手軽便鉄道だと言われているけど、サハリン行きの鉄道だって同じくらい重要だ。そこで賢治が考えたことや体験したことが、ジョバンニを通じて物語に投影されている。要するに、すべては『銀河鉄道の夜』へとつながってるんだよ」

「――すげえな」壮多はぽつりと言った。

「ほんとに。感心しました」三井寺もうなずく。

「いや、読んだ本の受け売りですよ」深澤が言う。

ふと、例の異稿――第三次稿のことが脳裏をよぎった。あれをどう思うか質《ただ》したい衝動に駆られたが、思いとどまる。本一冊としおりだけであれこれ詮索《せんさく》していることを知られたくなかった。

開きかけた口から、代わりに皮肉めいた言葉が吐き出される。

「そんだけ語れるんなら、『深澤メモ』でも作ってくりゃよかったのによ」

「バカにしてんのか」深澤がこちらをにらんだ。

「いやいや」と三井寺が慌ててなだめにかかる。「そんなつもりじゃないですよ、ねえ江口君」

「だいたいお前――」壮多は三井寺に構わず続けた。「宮沢賢治が嫌いだったんだろ？転校してきた日、七夏にそう言ってたよな。それが地学部なんかに入って、イーハトーブの巡検まで企画したかと思ったら、作品についても語る。どういう心境の変化かと思ってよ」

毒気を込めた壮多の視線を正面から受け止めて、深澤が言い放つ。

「『銀河鉄道の夜』だけは、特別なんだ」

「特別に好きなのか」

「いや――」深澤は口の端をゆがめた。「特別に嫌いなんだよ。あれこれ調べずにいられなくなるぐらい」

「何がそんなに嫌いなんだ」

「ラストシーンだよ」

「カムパネルラが川で死んだってところか」

「そのあとだ。ほんとのラスト。あんな終わり方、あるかよ」

　先日読んだのは異稿だけなので、壮多には当然思い出せない。言葉につまっていると、知らねーのかよ、とでも言いたげな顔で深澤が続けた。

「銀河鉄道の夢から覚めたジョバンニは、丘を駆け下りて町に戻り、カムパネルラがザネリを助けようとして川で溺《おぼ》れ死んだらしいということを知る。河原にいたカムパネルラの父親に駆け寄ると、父親はジョバンニに礼を言って、『あなたのお父さんはもう帰ってゐますか』と訊ねる。北へ出稼ぎに行ったジョバンニの父親のことだ。カムパネルラの父親とジョバンニの父親は、友人同士だった。カムパネルラの父親は、ジョバンニの父親から一昨日手紙が届いていて、今日にもこっちへ帰ってくるはずだということを伝える。で、そのあとジョバンニはどうしたか――」

　深澤が見つめてくる。怖いくらい熱を感じない、あの目をしていた。壮多がかぶりを振ると、深澤は何かを噛《か》み殺すように言った。

「大急ぎで家に帰ったんだよ。『早くお母さんに牛乳を持って行ってお父さんの帰ることを知らせようと思ふともう一目散に河原を街の方へ走りました』――という一文で物語は終わる。親友のカムパネルラが、ついさっき、川で死んだのに、だぞ」

23

十一月二日　快晴　二十三時半頃　おうし座流星群

今日の午後、妻と児童館に遊びに行っていた彼が、わんわん泣きながら帰ってきた。聞けば、他の子どもとおもちゃの取り合いになって、突き飛ばされたのだという。彼にはそういうことが多い。自分より小さい子にもよく泣かされている。

いつまでも泣いているので、「じゃあ、泣きやんだらパパと公園に行こう」と言ってやると、しゃくり上げながら両手でごしごしと必死に涙をぬぐった。これもいつものことだが、僕は彼がそうするのを見るのが本当に好きだ。

近所の公園で、一緒にどんぐりを拾った。両手いっぱいに集めたどんぐりを地面に並べて、『どんぐりと山猫』の裁判ごっこをした。どのどんぐりが一番えらいか決めたのだ。僕がきれいな帽子つきのどんぐりを選ぶと、彼は「ちがう」とかぶりを振った。そしてしばらく真剣な表情で考えたあと、「みんな、おともだちでしょ」と言った。

僕も、気弱で泣き虫な子どもだった。母と少しでも離れることが不安でどうしようもなく、毎朝べそをかきながら幼稚園のバスに乗り込んでいた。

今でも僕は、弱い人間だ。きっと、人より弱い人間だ。傷つくことを怖《おそ》れ、いろんなことから逃げて生きてきた。そんな僕の息子なのだから、彼もまた強い人間ではないかもしれない。

でも、それでいい。この先、彼の人生にも様々な困難が待ち受けているだろうけれど、そのすべてに打ち勝ってほしいとは思わない。

負けてもいい。逃げ出してもいい。そんなときは、僕たちのもとへ帰ってきて、しばらく泣いていればいい。僕たちは、そのためにいる。

涙をふいたらもう一度、一人で歩き出せばいい。その勇気だけを、持っていてくれればいい。

24

鬼ヶ《おにが》城《じょう》は、その名のとおり、切り立った岩場が続く尾根だった。ところどころでちょっとした岩登りが必要になるが、足もとは早池峰山のようにつるつるした蛇紋岩ではなく、裂け目の多いがさついた溶岩なので、さほど苦労はない。

「ほら、見てください」三井寺が足を止め、ルート前方で斜面のほうに突き出た赤黒い崖《がけ》を指差した。「実はあそこ、この火山の断面が露出してるんです。層になってるの、わかります？」

「ああ、縞々《しましま》に見えますね」壮多が答える。

「溶岩と火砕物が互層になってるんですよ。噴火するたびに、ああいうものが交互に斜面にたまっていく。それが積み重なってできたのが、成層火山ですね」

この西岩手火山は、昨日登ってきた東岩手火山――いわゆる岩手山とひと続きになっているが、年代的にはより古く、大きな噴火も起こしているという。数万年前の爆発的噴火で山頂部が陥没し、東西約二・五キロメートルに及ぶ巨大なカルデラができた。今歩いている鬼ヶ城は、カルデラの南の縁にあたる。

カルデラの内側を見下ろした。さっきまではガスで何も見えなかったが、今は底の部分にかろうじて灰色の水面が見える。御苗代湖《おなわしろこ》だ。鬼ヶ城を端まで行ったあと、斜面を下りてあそこまで行くことになっている。

残念ながら、御来光は拝めなかった。昨夜三人でチェックした天気予報にあったとおり、台風の影響で夜中のうちに湿った空気が入り始めたらしい。避難小屋を出ると、昨日の晴天が嘘のように、あたりはガスで真っ白だった。

台風の中心は、今朝六時の時点で長崎県の五島列島付近にあった。そのまま九州、中国地方をかすめて日本海を北東に進み、明日の朝には新潟沖へ。その日のうちに青森を通過して、北海道の東へと抜けていく見込みだ。

台風本体から北東方向に大きく雨雲がのびていて、西日本を中心に大雨になっているらしい。今日の夕方にはその雲が東北地方にもかかりはじめるだろうとのことだった。

今朝早く、三井寺が芳本と電話で相談して、明日の八幡平行きの中止を最終決定した。今日暗くなる前に下山することになったが、方針はこうだ。

午前中は予定どおり西岩手山周辺の巡検をおこない、そのまま当初のコースを西へ、のち北西に進んで秋田県境へと向かう。今日のゴールに設定していた釣鐘山の無人小屋まで天気がもてば、そこの分岐から平川温泉郷に下りる。もし途中で雨が降ってきたら、最《も》寄《よ》りのルートで下山する。

深澤はもう異は唱えなかったが、釣鐘山への到着予定時刻を何度も確認し、雨雲の動きの予想を天気予報サイトでしつこく見ていた。その様子に三井寺は、「所要時間なんて些《さ》細《さい》なことで変わりますし、山の天気もなかなか予報どおりにはいきませんよ」と苦笑いを浮かべていた。

一時間半かけて鬼ヶ城を渡り切ると、切通し分岐からカルデラの中に下りていった。御苗代湖のほとりを散策し、再び尾根まで上り返す途中で大地《おおじ》獄谷《ごくだに》に立ち寄った。

灰色の斜面にところどころ黄色い硫黄《いおう》が付着していて、あちこちから噴気が立ち上っている。壮多がその様子をビデオカメラにおさめていると、三井寺が谷の西側にそびえる絶壁を指差した。

「あれが黒倉山《くろくらやま》です。西岩手火山の最後のポイント。あのてっぺんまで行って、黒倉火山噴出物を見ていく予定だったのですが――」三井寺は深澤の顔を見て言う。「ここからよく見えたってことで、カットして先を急ぎましょうか」

深澤は小さくうなずき、「ありがとうございます」とわずかに口もとを緩めた。

電波の届かないエリアを歩いているので、最新の気象情報はチェックできていない。標高が下がるにつれてガスは薄くなったが、雲は急速に厚みを増しているように見える。それを気にした三井寺なりの妥協ということだろう。

姥倉《うばくら》分岐でスナックの昼食をとり、正午前に再スタートした。前後に何組か登山客が歩いていたのだが、どのグループも犬倉分岐で網張温泉のほうへ下りていった。縦走路に進んだのは壮多ら三人だけだ。

標高一四〇〇メートル付近のなだらかな稜線《りょうせん》上を、ひたすら歩く。森林限界に近いので見通しはいいが、ときおり強い風が吹きつけてくる。

大松倉山《おおまつくらやま》を越えたあたりで、稜線の続く向きが北寄りに変わった。歩くスピードも上がった気がして前の二人を見ると、いつの間にか深澤が先頭にいる。

そのまま小休止もせず歩き続けていると、急にガスが濃くなり、霧雨が舞い始めた。その粒は徐々に大きくなり、ついには顔を打つほどの雨になった。時刻は二時四十五分。山の上だからか、予報よりずい分早い。ザックを下ろし、レインウェアを取り出す。

「どうします？」壮多は上着に袖を通しながら訊《き》いた。

「残念ながら、ここまでですかね」三井寺が地形図を広げて言う。「もうちょっと先に、尾根の南西側に下山できるルートがあります。斜度はきつそうですけど、山を三分の二ほど下りたら少し開けた場所に出る。地図ではそこにキャンプ場のマークがあるんです。ただ、以前ネットで調べたときには何も情報が出てこなかったので、もう営業していないかもしれませんが」

「大丈夫すかね」壮多は不安を口にした。「もしそこが閉まってたら――」

「そんなとこに下りるぐらいなら、釣鐘山まで行きましょう」深澤が言葉を重ねてくる。

「このくらいの雨なら、全然いけますよ」

「いや、もしそのキャンプ場がダメでも、そこからさらに下りていくと、県道まで出られますから」

そう言って三井寺が指し示した場所を、横からのぞき込む。そこは県道の末端で、葛《かっ》根田《こんだ》川《がわ》に沿って雫石の町からのびてきていた。三井寺は自信たっぷりに続ける。

「県道を町に向かってしばらく歩けば、小さな温泉とキャンプ場があります。そっちは絶対に大丈夫。お湯につかって温まりましょう」

　とりあえず、その分岐まで進むことになった。さっきまで岩がちだった足もとが、薄茶色の粘土になっている。雨水にぬかるんで滑りやすい。にもかかわらず、先頭の深澤はますます歩速を速める。

　二十分ほど歩き、分岐が近づいてきたとき、深澤が首だけ回して言った。

「やっぱ、せめてこの先の湿原まで行きませんか」

「湿原？　そんなのありましたっけ？」三井寺が足を止めて地形図を確認する。

「登山道沿いじゃなくて、尾根を西にちょっと下がったところです」

「ああ、ほんとだ。湿地のマークがある。でも、聞いたことないなあ」

「わざわざ見にいくほどのもんじゃねーってことだろ」壮多は後ろから言った。

「行ってみもしねーで、なんでわかんだよ！」深澤が珍しく声を荒らげた。その前髪を雨粒がつたって落ちる。

「まあまあ」となだめる三井寺に、深澤がつめ寄った。

「お願いします。湿原をちょっとだけ見て回って、またここに戻ってくるってことでもいいですから」

「戻ってくるって言ったって、往復するだけでたぶん二時間近くかかりますよ」

「だったら、その近くの下山ルートを――」と深澤が三井寺の手の地形図を奪い取ろうとした、そのとき――。

尾根を吹き上がってきた突風が、地図を空中に舞い上がらせた。飛び上がるようにしてそれをつかもうとした三井寺の右足が、道を踏み外す。壮多は反射的にその体に手をのばしたが、間に合わない。三井寺はそのまま粘土の斜面を滑り落ち、二メートルほど下でハイマツの茂みに引っかかって止まった。

「大丈夫ですか！」壮多と深澤が同時に叫ぶ。

「いやあ、しくじりました」三井寺は苦笑いを浮かべて膝《ひざ》立ちになった。レインウェアは泥だらけだ。「大丈夫、大丈夫です」

緩やかな斜面なので大事にはいたっていないだろうと思ったが、いつもの声を聞いて安心した。壮多と深澤が手をのばし、三井寺の手首をつかむ。二人を支えに三井寺が右足で斜面を踏み込んだとき、「痛っ」とその顔がゆがんだ。

「もしかして――」壮多は眉根《まゆね》を寄せた。

「ああ……ひねっちゃったみたいです、足首」

谷沿いの小道をキャンプ場まで下りてきたときには、夕方五時半を回っていた。三井寺が右足をかばいながらだったので、時間がかかったのだ。雨はいったん上がっているが、あたりはもう薄暗い。

心配していたとおり、キャンプ場は何年も前に営業をやめたようだった。南に開けた高台にあって、天気がよければ見晴らしも素晴らしいに違いないが、アクセスが悪すぎるのだろう。敷地に入ることはできたものの、キャンプサイトは荒れ放題で、管理小屋とトイレの入り口は鎖でふさがれていた。

三井寺は温泉のキャンプ場を目指してもいいと言ったが、壮多と深澤が反対した。三井寺は相当疲れているように見えたし、県道に出るまでは山道が続く。このペースではたどりつく前に真っ暗になるだろう。

今夜はここで過ごすことに決め、少しでも風雨をよけるために、炊事場の屋根の下にテントを張った。明日の夕食用の食料まで調理して豪勢な食事を済ませると、三井寺の代わりに深澤がコーヒーを淹《い》れた。

風はだんだん強くなっているが、雨はまだときおりぱらつく程度だ。炊事場の真ん中にいる限り濡《ぬ》れることはない。三人でランタンを囲み、温かい飲み物をすする。

「芳本先生、心配してるでしょうね」カップを両手で包み、壮多はぼそりと言った。

「ほんとに」三井寺が申し訳なさそうに眉を寄せる。「明日温泉まで下りたら、すぐ電話しないと」

さっきから何度かスマホをチェックしているが、ここはまだ電波が届かないエリアらしい。

「すみませんでしたねえ。僕のせいで」三井寺が言った。

「いえ」深澤がかぶりを振る。「どっちかっていうと、俺のせいだし」

「また企画しますから。八幡平も、さっき言ってた湿原も」

「――ええ」深澤は目を伏せて答えた。

「その湿原のことは、誰かに聞いたんですか」

「――父親です。直接聞いたわけじゃないですけど」深澤は感情を込めずに付け加える。

「俺が三歳のときに死んだんで」

壮多は、口にもっていきかけたカップを止め、深澤の横顔を凝視した。東京でも父親と暮らしていなかったとは聞いているが、亡くなっていたとは知らなかった。

「ああ……そうだったんですね」三井寺が眉尻《まゆじり》を下げる。「お父さんは、もともとこっちの人だったんですか」

「いや、違います。母は盛岡生まれですけど。ただ父は、山が好きで」

「ああ、それで裏岩手を歩かれたわけですか。奥さんのふるさとだし」

「母のふるさとだからっていうより、宮沢賢治が好きだったみたいで」

「へえ、さすが親子だ」三井寺が頬を緩め、軽口にして言い添える。「いや、わかってますよ。深澤君の賢治作品への想いは、もっと屈折してる」

深澤は「――そうすかね」と言ったきり、口をつぐんだ。

壮多は、あの紺色のノートのことを考えていた。あれが深澤の父親の使い古しではないかということは、うすうす感じていた。それが今、確信に変わりつつある。岩手を旅したときのことも、あそこに書かれているのだ。

それを直接確かめるわけにもいかず、さっきあんなことを言ってしまった罪悪感もあって、壮多は言葉を選んで訊《たず》ねる。

「お父さん、その湿原がよかったって言ってたのか」

「まあ……そうだね」深澤はランタンを見つめて静かに答えた。「母からそう聞いてる。地図にマークがあるのは尾根に一番近い湿地だけだけど、湿原はそこからまだ点々と続いてて、そのもっと先に——」

深澤はそこで言葉を止め、コーヒーをひと口含んで続ける。

「草紅葉がきれいだったらしいって」

「草紅葉ってことは、秋に行かれたんですね」三井寺が言った。「いいですねえ。我々も、リベンジは紅葉の季節にしましょうか」

早めにそれぞれのテントに入り、寝袋にもぐり込んだ。

明日は十分明るくなってから動き始めることになっている。県道まで下りたらとにかく雫石の町に向かうが、最寄りの雫石駅までは二十キロの道のりだ。台風の中、足首を捻挫《ねんざ》した三井寺と歩き通すのは難しい。路線バスはないらしいので、タクシーを呼ぶか、場合によっては芳本に車で迎えにきてもらうしかないだろう。

予定より一日早まってしまったが、この旅もついに明日で終わる。事態はまったく好転せず、何一つ解決しないまま、終わってしまう。

では結局この旅は、時間の無駄だったのか。壮多にはそうとも思えなかった。

生まれ育った岩手という土地について、知らなかったことをたくさん知った。フィールドワークの方法を学んだとまでは言わないが、自然や景色の見方は明らかに変わった。三井寺という人間からも少なからぬ影響を受けた。今や先輩として慕う気持ちが芽生えている。

そして、深澤――。

わかり合えたとはとても言えない。内に何を秘めているのかもわからない。ただ、山野の中で二週間ともに過ごし、はっきりしたことが一つある。

深澤は、得体の知れぬ「風の又三郎」などではない。転校生の「高田三郎」――つまりはごく普通の人間だ。普通の人間なのだから、その言動の根底にあるのは、悪意や打算やたくらみではない。それ以上の評価は、まだ保留だが――。

そんなことを考えているうちに、目が冴《さ》えてきてしまった。寝袋の中で何度目かの寝返りを打ったとき、テントの外で「江口、起きてるか」と深澤の声がした。

「何だよ」体を半分だけ起こして答える。

「わりい。もう一回だけ、ＧＰＳ貸してくんない？」

「またか。今さら何すんだよ」

「今日のルートを確認するだけ。十五分で返す」

　面倒だったので、それ以上訊かずにヘッドランプを点《とも》し、ザックの頭を探った。テントのファスナーを開けてそれを手渡してやったとき、木々が風を切る音が聴こえた。

25

九月十三日　晴れ　中秋の名月
　今夜は条件がよかったので、一緒に天体望遠鏡で満月を観《み》た。最近になって何度か望遠鏡をのぞかせていたが、月のようなわかりやすい対象を観たのは初めてだったので、終始大興奮だった。
　それはいいとして、困ったのは来週の三歳の誕生日に天体望遠鏡が欲しいと言い出したことだ。いくら何でもまだ早すぎるし、プレゼントはもう用意してしまっている。ごね続ける彼を、妻が「来年のお誕生日に買ってあげるから」となだめるのだが、納得しない。仕方なく僕が古い星座早見盤を引っ張り出してきて、「今日は代わりに星の地図をあげよう」と手渡してやると、やっと落ち着いてくれた。

星座早見盤がどういうものかはよくわかっていないようだが、くるくる回すと絵が変わるのが面白いらしく、布団《ふとん》に入ってもずっとやっていた。

彼が寝たあと妻に、来年買ってやるなんて言って大丈夫かと訊いてみたのだが、妻は「覚えてるわけないよ」と言った。彼女が言うには、子どもは三歳ぐらいになるまで日々の出来事を覚えていられないらしい。彼は来週で三歳だと僕は言ったのだが、妻は「私に似てもあなたに似ても、もの覚えが悪いから大丈夫」と笑っていた。確かに僕自身、幼稚園に入ってからの記憶しかない。つまり、四歳以降だ。

それにしても。やっぱり簡単には信じられない。彼は本当に忘れてしまうのだろうか。今夜一緒に月を観たことも、二人でトンボを捕ったことも、水鉄砲で撃ち合いをしたことも、ブランコで靴飛ばしをしたことも。

とてもさびしいことだけれど、もし彼がすべて忘れてしまうのなら、僕が覚えていよう。

一緒にいくつも作った変な替え歌も、二人しか知らない忍者の合言葉も、小学生になったら泊まりがけで山へ行くという約束も。僕が作るたこ焼きを気に入って十個も食べてくれたことも、パパは絵本を読むのが上手だと言ってくれたことも、僕の誕生日に素敵な似顔絵を書いてくれたことも。

一つ残らず、いつまでも僕が覚えていよう。

26

バラバラバラ、という音で目が覚めた。雨粒がテントを叩《たた》いた音だ。強い風が雨を炊事場の真ん中にまで吹き込ませているらしい。

外はうっすら明るい。腕時計に目をやった。午前五時四十分。太陽は見えるはずもないが、もうとっくに日は上っている。

外の様子を確かめようと、ファスナーを開けて顔を突き出した。生暖かい突風に髪が乱れ、雨粒が頬ではじける。そろそろ暴風域に入りつつあるのかもしれない。

となりの三井寺はまだ寝ているようだ。その向こうの深澤のテントに目をやって、妙なことに気づいた。強い風が吹き抜けていくたびに、テントの片側がわずかに浮くのだ。

壮多はテントの外に出た。深澤のテントに歩み寄り、「おい」と声をかけてみる。返事はなく、動く気配もない。骨の部分をつまんで持ち上げると、やはり簡単に宙に浮く。迷うことなくファスナーを開けると、端にザックが寝かされているだけだった。そしてその横に、紙が一枚落ちている。書き殴られた文字を見て、息をのんだ。

〈七時までには戻ります　深澤〉

すぐさまそれをつかみ取り、三井寺のテントに向かって叫ぶ。

「先輩！　起きてください！」

テントが揺れてファスナーが開き、三井寺が顔を出した。細めた目に眼鏡をかけながら、「どうしました？」とかすれた声を出す。

「深澤がいません！」

「え⁉」三井寺は慌《あわ》ててテントを這《は》い出る。

「一人でどこか行ったみたいです。これ――」

置き手紙を三井寺の手に握らせ、もう一度深澤のテントに頭を突っ込む。

「七時までにって、そんな、どこへ？」三井寺は寝起きの頭で必死に状況を飲み込もうとしている。

「でかいザックは残ってますけど」テントの中を探りながら言った。「あいつが星空撮影のときに使ってるリュックが見当たりません。ヘッドランプも。だから、もしかしたら――」

「まさか……例の湿原とか？」

「かもしれない」

「もしそうなら、まずいですよ。こんな天気の中……」三井寺は、昨日下りてきた山の斜面に目をやる。「ここから湿原まで、急いでも往復四時間はかかる」

「午前三時に出たってことですか。まだ真っ暗ですよ。そんな無茶なこと——あ！」

ふとあることを思い出した。自分のテントに戻り、ザックの頭からＧＰＳを取り出す。

「昨日の夜、深澤が貸してくれって、持ってったんです。何日か前にも」電源を入れ、操作履歴を調べてみる。「やっぱり。あいつ、新しいポイントを入れてやがる」

壮多が入力した覚えのない地点の緯度・経度が二つ登録されていた。画面を地形図モードにして、その位置を表示させてみる。三井寺も自分の地形図を広げ、画面と見比べてその場所を探した。

登録されていた地点の一つは、小高い丘の頂上だった。例の湿地の西側になだらかな平地が続いていて、その端に標高差にして三、四十メートルの高まりがあるのだ。

「昨日歩いていた稜線を西側に下りて、湿原をどんどん奥へ進んでいくと、この丘に行き当たりますね」三井寺が言った。「彼、本当はここへ行きたかったんでしょうか」

「——ですかね」

昨夜の深澤の言葉がよみがえってくる。

湿原はそこからまだ点々と続いていて、そのもっと先に——。

「もう一つのポイントは——」三井寺が自分の地形図に指を置いた。「沢ですね」

丘から南南西の方角に谷がのびていて、水色の線で沢が描かれている。深澤が入力した二つ目の地点は、その流れの途中に位置していた。

「見てください」三井寺が指でルートをたどる。「今いるキャンプ場からこの沢のポイントまで行って、そこから沢を上っていくと、ほぼ最短距離で丘にたどりつけますよ。昨日の稜線まで戻ってから行くのは、ものすごく大回りですから。距離的には、二時間ほどで往復するのも不可能じゃない。このルートが実際に踏破できるなら、ですけど」

「あいつ、なんでここの緯度経度を――」知っていたのか。

「もしかしたらですが」三井寺が眼鏡に手をやる。「ここら辺は、沢登り愛好家の隠れた人気スポットだと聞いたことがあります。誰かのブログか何かでルートのログをチェックして、緯度経度の数値をメモってきていたのかもしれない」

「でも、ＧＰＳ置いていってるし」深澤は昨夜、きっちり十五分でこれを返しにきた。

「その位置をこうやって表示させて、自分の地形図に描き写していったんじゃないですか。ＧＰＳ本体を持ってくと、僕らに何かあったときに困るだろう、と」

そうこうしているうちに、六時になっていた。午後には台風が最接近する。風雨はこれから急激に強くなるだろう。

「どうしましょう」壮多は言った。

「拙速な行動は避けたいです。とにかく七時まで待ってみて、それでも帰ってこなければ――」

「僕が探しに行きます」

「ええ、ですが……」三井寺は表情を曇らせた。

結論を持ち越したまま、深澤を待った。その間に、壮多はＧＰＳを手にキャンプ場を出て、沢の方角へ山を分け入ってみた。しばらくうろうろしていると、けもの道のようなものを見つけた。五分ほど進んでみた限りでは、沢まで続いていてもおかしくないように思えた。キャンプ場に戻って三井寺に報告すると、「ここを拠点に沢登りに行く人たちがいるのかも」と言っていた。

七時半を回っても、深澤は戻ってこなかった。もう動き出さざるを得ない。足を捻挫している三井寺はここで深澤を待ち、壮多が沢に向かうことになった。レインウェアを着込む壮多に、三井寺がいつになく厳しい口調で念を押す。

「怖いのは二次遭難です。僕らには沢登りの装備も技術もない。沢まで行ってみて、水量が多かったり、簡単に進めそうにないルートだったりしたら、すぐ引き返してください」

「わかってます」壮多は小さなリュックを背負った。中身はＧＰＳ、水とスナック、応急手当てセットなどだ。

「たとえ深澤君に出会えなくても、二時間で帰ってきてください。十時になっても江口君が戻ってこなければ、僕はスマホが通じるところまで下りて、捜索を要請します」

予想どおり、けもの道は尾根をまくようにして沢へと近づいていく。ガレ場などはないものの、水を含んだ土に足を取られる。ところどころ、ついさっき誰かが踏み崩したように土が黒くえぐれていた。深澤が通った跡かもしれない。

二十分ほど歩くと、水音が聞こえてきた。けもの道をたどって谷を下り、沢に出る。流れの幅は三、四メートルか。激流というほどではないが、水量はかなり多く、つかればあるだろう。

水際《みずぎわ》に転がる岩を踏みながら、上流に向かって歩き出す。真っすぐには進めない。大きな岩や倒木に、たびたび行く手をふさがれる。それらを迂《う》回《かい》し、乗り越えていくうちに、斜度も上がっていく。水の流れが細くなり、逆にその勢いは増していった。

しばらく行くと、滝が現れた。高さ四、五メートルはある。沢登り愛好家には挑戦しがいのある滝かもしれないが、壮多には近づくことさえできない。

正面の崖はとても登れない。対岸に目をやると、滝の脇《わき》で斜面が大きく崩れていて、岩登りをすれば上まで行けそうに見えた。下流へと戻りながら、川を渡れそうな場所を探す。するとすぐに、細長い岩が橋のように横たわっているところを見つけた。滑らないように注意しながら、そこを渡った。

崩れた斜面をよじ登り、何とか滝の上に出た。いつのまにか、雨が強くなってきている。汗と雨で顔はびしょ濡れだ。

乱れた息を整えつつ、GPSで現在地を確認する。沢にぶつかった地点と丘の頂上との、ちょうど中間あたり。半ばやけくそになって、「深澤ーっ！　いるかーっ！」と叫んでみた。その声は風雨にかき消されて、谷間に響きもしなかった。

そろそろ出発して一時間が経《た》つ。丘にはとてもたどり着けそうにない。それでもできるだけ先まで行こうと、歩みを速める。

滝の上から谷が急に深くなっていた。沢の両側とも岩肌がむき出しの、壁のような急斜面だ。ときにくるぶしまで水につかりながら、岩や流木を乗り越えて進む。濡れた岩で登山靴がすべり、膝を強打した。痛みをこらえて「くそーっ！」と喚《わめ》き、また歩き出す。

壮多の背丈ほどもある岩が、目の前に立ちはだかった。腕時計に目をやると、もう九時を回っている。帰りは行きほど時間がかからないはず。あと五分だけと自分に言い聞かせ、巨岩に取りついた。

苦労してその上に立つや否《いな》や、全身の力が抜けた。三十メートルほど先で、さっきより高さのある滝がしぶきを上げている。両側は垂直な崖だ。

もはやここまでか――と息をついたとき、左側の斜面に突き出た岩の陰に、スカイブルーの何かが見えた。

深澤のレインウェア――。

「おい！　深澤か！」大声で呼びかけながら、大急ぎで岩を下りる。深澤がこちらに顔をのぞかせた。座り込んでいるらしい。転がる石を蹴《け》るようにしてそちらに向かう。

「大丈夫か!?」息を切らしてひざまずき、訊いた。

「まあ、何とか」

岩にもたれていた深澤が上体を起こそうとして、顔をゆがめた。右手で左肩を押さえる。

「どうした？　ケガか？」

「そこの崖を登ろうとして――」滝のほうを見て言う。「落ちたときに肩を打った」

「折れたのか？」

「わかんねーよ。じっとしてると平気だから、大丈夫じゃね。ただ、動かすと泣くほど痛え」

「他には？　傷とか」

「ない」

「歩けるか？」

「歩ける。戻ろうとしたんだけど、あそこが片手じゃ無理だった」深澤が指差したのは、今壮多が登り超えてきた巨岩だ。

「俺が支えたらいけるかもしれん。やってみよう」

リュックを二つ持ち、深澤を連れてそちらに向かった。巨岩の前まで来たとき、いいアイデアが浮かんだ。肩車だ。深澤は「マジか」と言いながら壮多の肩に乗り、痛みにうめきながら右腕だけで岩のてっぺんに這い上った。先に壮多が岩を下り、深澤を抱きかかえるようにして下ろした。

　難所を越え、これでキャンプ場まで帰れると思った途端、腹が立ってきた。下流に向かってゆっくり歩き出しながら言う。

「無茶なことしてんじゃねーよ！」

「確かに、あの崖に挑んだのは無謀だった」

「ちげーよ！　何勝手なことしてんだって言ってんだ」

「俺がどこにいるか、よくわかったな」

　深澤に悪びれる様子はない。壮多は舌打ちして答える。

「ＧＰＳだ」

「ああ。ポイント、削除してなかったか」

「何が七時までに戻る、だ。たどり着けてもねえじゃねーか。こんな無茶なルート一人で来て、ケガまでしてよ。バカかおめえ」

「そういや、三井寺先輩は？」深澤がまた話をそらす。

「キャンプ場で待ってる。俺たちが十時までに帰ってこなかったら、救助要請をするってよ」

「やっべえ。大ごとになるじゃん」

「おめえのせいだろうが！」泡を飛ばして言った。「このことで地学部が活動停止になったりしたら、どう責任取るんだよ！」

壮多が手を貸しながら、ましな足場を選んで進む。来たときよりそれが難しいのは、強くなった雨のせいで水量が急激に増えているからだ。

ようやくさっきの滝が見えてきた。川幅はもう倍近くになっている。嫌な予感がした。深澤を置いて急いで滝に近づき、下をのぞく。やっぱり――。

登ってきた斜面は、すでに滝に飲み込まれていた。崩れた岩にぶつかって激しくしぶきを上げながら、大量の水が流れ落ちている。

追いついてきた深澤が、あーあ、と小さく漏らしてから言った。

「はまったっぽいね」

「すげえな、風」深澤が言った。

風雨が直接吹き込んでくることはほとんどないが、音だけでそれはわかる。

壮多と深澤は、崖の下に裂け目を見つけ、そこに避難していた。奥に一メートルほど入ると、ちょうど二人が並んで座れるくらいのくぼみがあったのだ。深澤が奥で壮多は手前。膝を立て、背中を岩にぴったりつけて座っていた。

「もう来るんだよ、台風が」壮多は腕時計に目を落とした。午前十時四十五分。三井寺は今頃、助けを呼びに山を下りているところだろう。

さっき滝と滝の間をもう一度歩いてみたが、谷から這い上がれそうな場所は、こちらの岸には皆無だった。山側はどこもほぼ垂直に削られた岩肌で、植生もない。川の向こう側には二、三箇所、登れそうな斜面があるのだが、水かさが増した急流を渡るのは危険が大きすぎる。つまりは完全な孤立状態だ。はまったという深澤の言葉は、正しかった。

「鉄砲水でも来たら、即アウトだ」壮多は言った。

「そうでなくても、この調子で降り続いたら、ここも水没するかもな」深澤がスナックをかじりながら言う。「そのときは、俺に構わず逃げてくれ。と一応言っとく」

「言われなくても、俺だけ崖にしがみついてでも助かってやるよ」

深澤は鼻から息を漏らし、急に真顔になった。

「悪かったな、江口。ありがとう」

「――何だおめえ」初めて聞く殊勝な言葉に、思わずたじろぐ。「マジで死ぬ気か」

「一応だよ、それも」

口の端をゆがめた深澤にどこかほっとしつつ、訊くなら今だろうと思った。

「じゃあ、死んじまったときのために、教えといてくれ。お前、この沢の先の丘に行こうとしてたんだろ？　こんな無茶までして、何でそんなところに行きたかったんだ？　その丘に何があるんだよ」

この問いが、すべてを解く糸口になるかもしれない。深澤を探しに出てから、壮多はずっとそう感じていた。

深澤はなぜ花巻にやってきたのか。なぜ地学部に入ったのか。そして、なぜ七夏は消えたのか。すべての答えが、その丘の上からなら見える気がした。

根拠といえるほどのものはない。ただ、深澤には似つかわしくない今回の無謀な行動が、そう感じさせずにおかないのだ。「深澤君と一緒に、最後までちゃんと」と念を押した七夏は、この事態を予想していたのではないか――そんな気さえしてくる。

深澤はペットボトルの水をひと口含み、言った。

「あの丘は、『銀河鉄道の夜』の丘なんだ」

「銀河鉄道の丘って――ジョバンニが上った丘か」

「そう。天気輪の柱の丘」

「なんでそこが」

「頂上に、三角標があるんだ」

「三角標？　今もか？」にわかには信じられない話だ。

「それだけじゃない。丘の斜面には、線路まである」

「待て、マジで言ってんのか？」

「たりめーだろ」

「それも、お前の親父《おやじ》さんが書いてたのか？」

「書いてた？」深澤が鋭い目を向けてくる。

「いや……」しまった——。あまりのことに、つい口が滑った。

「お前、ノート見たのか？」

「——すまん。でも、わざとじゃない。ちらっと見えちまったんだよ」

深澤は何か言いたげに眉を寄せ、短く息をついた。右手を自分のリュックにのばし、中から紺色のノートを取り出す。やりづらそうに片手でそれをめくり、あるページを開いて壮多の前に差し出した。

雨で湿った見開きの二ページが、民宿での夜に見た筆跡でびっしり埋められている。

〈十月二日　快晴　岩手山〜大松倉山〜銀河鉄道の丘（N39°XX′XX″ E140°XX′XX″）

僕は今、信じられないような場所にいる。夢のような丘でこの日誌を書いている。

『銀河鉄道の夜』で、ジョバンニが銀河鉄道に乗り込んだ丘だ。

ここにたどりついたのは、偶然だった。今朝早くに岩手山を発《た》ち、裏岩手の縦走路に入った。大松倉山を越えて釣鐘山に向かう途中、尾根の西側に少し下りて、地形図に印のある湿地に立ち寄った。気持ちのいい秋晴れで、草紅葉がとてもきれいだった。

そこまで来ると他の登山客の姿もない。僕は誰も知らない景色を独り占めしているような気になって、緩やかな下りをさらに奥へと歩いていった。そこは点々と湿地が続く、一つの大きな湿原だった。

湿原の先に、小高い丘が見えた。きれいな円錐《えんすい》形の丘だ。何かに導かれるようにして、僕はそこへ向かった。木々につかまりながら丘の斜面を上っていくと、てっぺん近くで急に樹林帯が消え、視界が開けた。丘の頂上は、平らな草地だった。

そして僕は、草地の片隅ですごいものを発見した。倒れて朽ちた三角標の残骸《ざんがい》だ。最初は大きな材木が放置されているのかと思った。だがよく見ると、三角形に組まれたその形は、昔何かの本で見た三角標そのものだった。測量機器をのせる机板らしきものまで残っている。ここは見通しがきくので、三角点があったとしても不思議ではない。

それだけじゃない。丘の探検を続けた僕は、南西の斜面でさらに驚くべきものを見た。鉄道の軌道跡だ。木々の中に、丘の下へと続くすき間のようなものを見つけたので、登山道かと思って近づいた。何かにつまずいて地面を見ると、錆《さ》びついたレールがのぞいていたのだ。土と草に半分埋もれた状態で、二、三十メートルのものが平行に二本。枕《まくら》木《ぎ》も一部残っていた。

それを見て僕は思い出した。この丘を南西の方角にどんどん下っていくと、葛根田川の上流にぶつかる。葛根田川沿いにはかつて、山から木材を運び出す森林鉄道が雫石駅のほうまでとおっていたという。もしかすると、この丘にも昔、トロッコのようなものが走っていたのではないか。

僕は興奮した。そして想像した。賢治は何度も岩手山に登っている。きっとこの丘にも来たことがあるのだ。当時は、三角標もここに立っていただろう。トロッコの軌道も、丘の下から天に向かうようにして、ずっとのびていただろう。彼はこの場所がとても気に入ったに違いない。

ある夏の日、賢治はここで野宿することにした。日が暮れて、「濃い鋼青のそらの野原」に三角標が「まっすぐにすきっと」立つ横で、草の上に寝そべった。やがて、天頂を北から南へと流れ下る天の川を眺めながら眠ってしまい、銀河鉄道の夢を見たのだ。

僕も賢治にならい、今夜はここにテントを張ることにした。予定では釣鐘山の無人小屋に泊まることになっていたが、断然こっちだ。どのみち明日は天気が荒れる。八幡平まで行くのは無理だろう。

それを補って余りあるほどの、素晴らしい夜だ。日が沈んだ直後の空は、まさに「濃い鋼青」をしていた。ベガはかなり西に傾いているものの、天の川は北東から南西へと美しく流れている。さそり座はさすがに見えないが、はくちょう座からいて座まで、銀河鉄道の旅は十分楽しめる。

決めた。あの子を初めて泊りがけの登山に連れてくるときは、この丘でキャンプをしよう。網張温泉から途中までリフトを使って上がってくれば、小学生でも来られるだろう。夏がいい。星を眺めながら、銀河鉄道の話をしてやろう。

それまで、この丘のことは誰にも秘密だ。編集長に教えたりしたら、記事にしろと言いかねない。絶対にダメだ。プライベートな旅で見聞きしたことまで報告する義務はない。

でも、あいつにだけは教えてやろうか。文学のぶの字も解さないあいつのことだから、『銀河鉄道の夜』って何だった？　ぐらいのことは言うかもしれないけれど。

それにしても、今から楽しみだ。あの子とここへ来られるのは、何年後になるだろう。そうだ、彼のお気に入りの星座早見盤を、忘れずに持ってこさせないと。

それにしても、本当に夢のような夜だ。こうして満天の星に包まれていると、僕までジョバンニになったような気がしてくる。このまま銀河鉄道の夢を見て、明日目が覚めてみたら三角標も軌道跡も消えている、なんてことはないだろうか。明日の日誌は、その結果から書くことにしよう。〉

読み終えても、ページからなかなか目が離せなかった。

「――すげえな」と低く漏らす。それにつきるような話だ。深澤がこれまで「天気輪の丘」の候補地を頑《かたく》なに否定し続けていた理由が、やっとわかった。

「最後のところに親父さんも書いてるけど、この話、まさかの夢オチってわけじゃないんだろ？」

「めくってみろよ」深澤があごをしゃくる。

壮多は言うとおりにしてみた。次のページは、白紙だった。その次も、そのまた次も。五枚ほどめくると、やっと文字が現れた。〈地学部　夏の巡検〉とある。そこから始まっているのは、深澤の日誌だった。

「父は――」深澤は静かに言った。「その次の日に、死んだんだ」

「え？」思わず固まる。

「だから、事実だったか夢だったかは、書かれていない。もちろん俺は信じてる。それを確かめるのは、俺しかいない」

「親父さん――山で亡《な》くなったのか」

深澤は「うん」と小さく言って、淡々と語り始めた。

「父は、山と星が好きな人だった。若い頃から毎週のように山に登っては、星空とか天体の写真を撮ってた。そのうち、天文ファン向けの雑誌とかに写真を買ってもらえるようになったそうだけど、それじゃ食べていけない。大学を出たあと、東京でアウトドア系の雑誌を出している小さな出版社に就職した。デザイン事務所に勤めてた母と知り合って、結婚して。俺が生まれてからも、仕事半分趣味半分で、山と星の写真は続けていたらしい」

深澤が暮らしていた東京のマンションを想像する。父親の部屋は大小の天体望遠鏡と写真の機材であふれ、壁一面に星空と山の写真――。深澤が中古で手に入れたと言っていたプロ用の望遠レンズも、本当はそこにあったものなのだろう。

深澤の声は、不思議なほど風雨の音にかき消されず、岩間に響く。

「その日誌は、十四年前の十月に書かれたものだ。俺九月生まれだから、三歳になってすぐだね。岩手山には何度か登ってたみたいだけど、八幡平までの縦走は父にとっても初めてだった。目的は紅葉の写真だったから、日程は俺たちと同じく、ゆったりとって二泊三日。一泊目は岩手山の山頂、二泊目は予定を変更してその丘の上だった。

父も予想していたように、翌日は朝から大荒れだった。十月としては珍しいほどの寒気が下りてきた上に、低気圧が台風なみに発達しながら東北地方を通過した。岩手山はその日初冠雪を記録したっていうし、この辺の山でも強風と一緒にみぞれが降り続いたらしい」

「親父さん、そんな状況で山を下りなかったのか。だって山の経験は――」

「下りようとしてたさ」深澤がさえぎって言う。「昨日俺たちも考えてたみたいに、釣鐘山まで行って、そこから東の平川温泉郷に下りるつもりだったはずだ。でも、下りられなかった。釣鐘山の分岐で、一人の登山客に出くわしたんだよ。

その女性は、北の尾根から大急ぎで引き返してきたところだった。真っ青な顔でがたがた震えて、ただごとじゃない様子だったんだろう。心配して声をかけた父に、その人は、仲間の一人が怪我《けが》をして歩けなくなったので助けを呼びに行く、と言った。裏岩手縦走に来ていた、初心者の女性ばかりの三人組。前の晩は釣鐘山の無人小屋に泊まっていたのに、その朝そこから下山しなかった。ひどい寒さと嵐のような天候の中、八幡平に向けて出発してしまったんだ。リーダー格の人が、八幡平に宿を予約してあるし、頑張って歩こう、と強く言ったらしい。

さえぎるものがない稜線《りょうせん》の上で、彼女たちは猛烈な風とみぞれに打たれ続けた。体力も気力もなくなってたんだと思う。三人組の一人が岩場から落ちて、動けなくなった。どこか骨折していたみたいだ。

彼女たちはもともと防寒が不十分で、テントも持っていなかった。怪我人とリーダー格は今も吹きっさらしの岩場にいる。そう聞いた父は、低体温症を心配した。父は、出くわした女性にそのまま助けを呼びに行かせて、自分は急いで現場に向かった。

そこから先は、断片的な情報しかない。わかっているのは、女性二人は父が岩陰にたてたテントに避難して、最終的には助かったってこと。救助隊がなかなか来ず、父が一人様子を見に尾根に出ていったってこと。そして——そのまま帰ってこなかったってこと。

父の遺体が回収されたのは、二日後。尾根を二十メートルほど下った斜面で見つかったから、誤って滑落したんだろうってことだ」

途中から結末はわかっていたが、あらためて言葉にされると、やはりショックだった。深澤は水をひと口含み、付け加える。

「前日の夜はジョバンニの気分だったのに——結局父に与えられたのは、カムパネルラの役回りだった」

「……悪い。こんなときどう言えばいいか、わからん」

「期待してねーって」

深澤が右手を伸ばしてきたので、ノートをつかませた。

「このノートの存在を知ったのは、小学校三年のとき。その影響で、宮沢賢治を読むようになった。『銀河鉄道の夜』を読んで、ああ、父さんはカムパネルラだ、と思った。なんでカムパネルラはザネリみたいなやつのために、と思った。そして、ジョバンニは冷たいな、と思った。

その年の秋、父の七回忌があった。父が助けた三人組のうちの一人が、岩手から参列していた。怪我をして動けなくなった女性。そういう場に欠かさず姿を見せていたのは、その人だけだったらしい。

法事の場で俺は、その女性に俺と同い年の娘がいることを知った。理不尽だと思った。許せないと思った。カムパネルラの息子である自分は、このノートの中の父親しか知らない。それなのに、ザネリの娘は、花巻という町で両親と幸せに暮らしている——」

「俺は、その人の名前を頭に刻みつけた」

花巻——？　背筋が凍りついた。まさか——。

「それ、もしかして——」

「佐倉千春。佐倉七夏の母親だよ」

言葉を失った。

見開いた目を向けた深澤の横顔に、場面が次々と重なっていく。

教室の座席表。深澤君のせいじゃないから——。深澤の名を告げたときの七夏の母親の顔。『銀河鉄道の夜』第三次稿。そして、青の果て——。

頭の中で明滅するこれらすべてが、一本の線でつながろうとしている。

「——あいつは、七夏はもう、知ってるんだな」絞り出すように言った。

「そんな気がするね」

「あいつが消えたのも、そのせいか。北海道にはなんで——」

「勘違いしないでくれ」深澤が鋭く声を重ねた。「俺は、彼女に父のことを何も言っていない。匂《にお》わせたりもしていない」

「だとしたら、どうやって知ったんだよ」

「わからない。とにかく俺は、そんなことを言いに花巻に来たわけじゃない」

「じゃあ、何しに来たんだ」

「確かめに来たんだよ。いろんなことを」

深澤はノートを閉じ、膝《ひざ》の上に置いた。

「佐倉七夏がどんな顔をして、どんなふうに暮らしているかってことも、その一つだ。許せないなんて思ってたのは、ガキのときだけだよ。楽しく高校生をやってくれてるほうがいいに決まってる。そのことさえ父に伝えられたら、それでよかった。彼女が最後まで父のことを知らないままでも、全然よかったんだ」

「――だけど……」

深澤の言い分は理解できなくもない。だがその行動が結局、七夏に思いもよらない苦しみを抱えさせることになった。整理がつかないまま、口は別のことを訊《き》いていた。

「いろんなことって、他には何だ」

深澤は背中を岩にあずけ、視線を虚空《こくう》に向けた。

「俺が転校してきた日、佐倉さんとお前が、イギリス海岸に連れて行ってくれただろ。そこでプリオシン海岸の話をしたの、覚えてるか」

「覚えてる。三井寺先輩が言い出した」

「ジョバンニとカムパネルラは、白鳥の停車場で下りてプリオシン海岸へ行き、化石採りの学者たちと出会う。そこは銀河の河原だってのに、くるみや牛の祖先の動物の化石が出るんだ。ジョバンニが〈標本にするんですか〉と訊ねると、学者は〈いや、証明するに要るんだ〉と答える。〈ぼくらとちがったやつからみてもやっぱりこんな地層に見えるかどうか、あるいは風や水やがらんとした空かに見えやしないかといふことなのだ〉って」

　深澤がこともなげに諳《そら》んじたことに、壮多はもう驚かなかった。

「意味わかるか？」深澤が訊いた。

「いや」

「俺もよくわからなかった。だから、ずっと調べたり考えたりしていた。ある本に、賢治にとって世界は多元的だ、と書いてあった。この世とあの世がある、みたいな単純なことじゃない。いろんな世界が同時に存在して、離れたり交わったりしてるってことだ。銀河鉄道の世界も、ジョバンニが見た夢なんかじゃない。そういう世界が実在していることを証明するために、学者たちは化石の発掘をしているんだ」

「難しいな、俺には」

「俺も、証明したいと思った」

「親父さんの〝銀河鉄道の丘〟のことをか」

「それだけじゃない」

深澤はかぶりを振って、ノートの表紙にそっと手を置いた。

「このノートには、書いてある。僕が生まれて、三歳になるまで、父さんとどんなことをしたか、どんな話をしたか、全部書いてある。でも僕は、何も覚えてない。これを読むたびに必死で思い出そうとするけど、何も思い出せない」

無意識だろうが、深澤は、僕、父さん、と言っている。その声が震え出した。

「僕の代わりに、父さんが覚えていてくれるって、書いてある。でも、死んだじゃないか。もう誰も覚えてないじゃないか。父さんは、自分は弱い人間だって書いてる。それも嘘《うそ》だった。弱い人間だっていうなら、助けになんか行かなきゃよかったんだ。なんで父さんが。僕のことも、強い人間じゃなくていいって書いてある。弱い僕に何があっても、父さんが――」

深澤は言葉をつまらせた。声を押し殺し、嗚咽《おえつ》する。壮多は正面を向いたまま、黙って待った。

やがて、深澤の肩の震えがおさまった。

「――ときどき、信じられなくなる。ここに書いてあるような僕と父さんの世界が、本当にあったのかどうか。父さんが誰かのために山で死んだってことや、この世に父さんという人間がいたということさえ、作り話みたいに思えてくることがあるんだ。

　だから、おばさんたちが花巻に引っ越したと聞いて、どうしても行ってみたくなった。父さんが見つけた〝銀河鉄道の丘〟が本当にそこにあるってことを、自分の目で確かめてみたくなった。そしたらすべてが証明される気がしたんだよ。僕と父さんの三年間のすべてが」

「――うん」

　壮多はそれだけ言って、やっと深澤に目を向けた。その横顔が、だんだんいつもの表情を取り戻していく。

「でも、やっぱり俺は、父には程遠いな」深澤が言った。

「どういう意味だよ」

「今回のことでもし江口の身に何かあったら、俺がザネリで、江口がカムパネルラだ。カムパネルラの息子だなんて、悲劇を気取っていられない」

「もし俺が山ではぐれたら、お前だって探しにきてくれるだろ。誰でもザネリになる可能性はあるし、カムパネルラになる可能性だってある。もちろん親父さんの行動は、誰にでもできることじゃないと思うけど」

　頭上の岩をつたってきた雨粒が一滴、ノートに落ちた。深澤はそれを指でぬぐい、

「ただ――」と言った。

「〝銀河鉄道の丘〟のことは、俺以外の人間と一緒に確かめたかったんだ。プリオシン海岸の学者が言ってたみたいに、自分とは違ったやつから見ても、やっぱりそこに三角標や軌道跡が見えるかどうか。俺の思い入れが強すぎて、幻が見えたりしたら困るじゃん」

「あり得るな」鼻から息をもらして言った。

「今回はこんなことになったけど、ほんとは一緒に行きたかったんだ。だから地学部に佐倉さんを誘ったし、この巡検で裏岩手縦走を提案した」

「一緒に行きたかったたって、七夏とか？」

「いや」

「三井寺先輩か？」

「違う」深澤がこっちを真っすぐ見た。「江口だよ」

「俺？」

「〝銀河鉄道の丘〟を見にいくなら、ジョバンニの息子と一緒がいい」

「お前、何言ってんだ？」

「俺の一番古い記憶は星座早見盤だって言ったろ。二番目に古い記憶は、見たことのない男の子が、俺に見せつけるみたいにミニカーを走らせてる場面なんだよ。がらんとした部屋の、長い机の上で。それが、ジョバンニの息子だった」

「俺のことだって言いたいのか」

「そいつと再会するために、俺は花農に来たんだ」

待て、と言いかけたとき、深澤が「しっ」と唇に人差し指を当てた。

耳を澄ますと、風雨の音に混ざってかすかに、おーい、おーい、とあたりに呼びかける男の声が聞こえてきた。

Ⅲ

おそらくこれから二千年もたつたころは
それ相当のちがつた地質学が流用され
相当した証拠もまた次次過去から現出し
みんなは二千年ぐらゐ前には
青ぞらいつぱいの無色な孔雀《くじやく》が居たとおもひ
新進の大学士たちは気圏のいちばんの上層
きらびやかな氷窒素のあたりから
すてきな化石を発掘したり
あるいは白堊紀砂岩の層面に
透明な人類の巨大な足跡を
発見するかもしれません
(宮沢賢治『春と修羅』「序」より)

27

イギリス海岸の駐車場に自転車を並べて停め、河原に下りていく。

台風が去って三日経《た》った北上川は、澄んだ深い青色の流れを取り戻していた。昼下がりの日差しを照り返し、河原が白く輝いている。

川岸の散策路を歩きながら、七夏が「怖い――」と声を漏らした。

「ほんとに怖いぐらい懐《なつ》かしい」

七夏が花巻に帰ってきたのは、昨日のことだ。富良野《ふらの》からバス、鉄道、飛行機を乗り継いで、花巻空港には夕方着いたらしい。

その夜のうちに、七夏がスマホに電話をくれた。かいつまんだことだけを五分ほど話し、今日の約束をして切った。

北海道でのことは、その前の日に父親から聞いていた。自宅に電話をかけてきたのだ。もしかしたらと壮多は思っていたが、受話器を取った母親は相当面食らったようだ。父の声を聞いたのは四年ぶりだった。

「紗紀とはもう話したか」壮多は訊いた。

「うん、電話で。泣いて怒られちゃった」

「あたりめーだ。あいつもマジで心配してたからな」

「明日会うことになったから、全部話してくる。今日は茶道部で水沢のお寺のお茶会に参加するんだって」

「そりゃきっと、いい茶菓子が出るんだな」

「壮多は？　もう部活出てる？　鹿《しし》踊り部」

「ああ。今日も午前中、練習だった」

「そう。よかった」

支流の瀬川が左手から注ぎ込む、開けた場所に出る。正面に見えるのは、三井寺がこっそり化石を探していた白い崖《がけ》だ。

散策路から水辺まで下りていける広い階段は、上から三分の一ほどが木陰になっていた。一段だけ下りて、並んで座る。

「うちの親父《おやじ》、元気だったか」壮多はそこから切り出した。

「うん。壮多そっくりだった。壮多の顔の下半分を全部ヒゲにしたら、お父さんになるよ」

「北海道の山男気取りか。なんかウゼえな」

七夏の口もとが緩むのを見て、少しほっとした。もうそのくらいの顔はできるようになったようだ。

「昔はあんなヒゲじゃなかったの?」

「あごヒゲぐらいかな。見たことあんべ?」

「ほんとに小さいときだけだもん。覚えてないよ。向こうもわたしのこと、全然覚えてなかった。『言われてみれば、近所に女の子がいたような気もするな』だって」

「ほとんど家にいなかったし、町内のことなんかに興味もなかったしな」

もし近所に引っ越してきた家族の名字が「佐倉」だと聞いていれば、その名前ぐらいは記憶に残っただろう。

「深澤君は、怪我《けが》大丈夫?」七夏が訊《き》いてきた。

「鎖骨が折れてた。ひびが入った程度だから、しばらく固定してりゃ治るって」

「そう。それぐらいなら、まだよかったけど――」

あのとき沢まで来てくれたのは、地元の二人の男性だった。そのうちの一人が、台風を心配したキャンプ場の持ち主に頼まれて様子を見にきたところ、三井寺に出くわしたのだ。

三井寺から話を聞いた男性はいったん山を下り、近所に住む知り合いを呼び出した。周辺の山に精通し、沢登りのガイドをしていたこともあるという人物だ。二人はすぐに装備を整えて沢に向かい、壮多たちを見つけ出してくれた。あぶみという簡易縄ばしごを使って谷から上がり、昼過ぎには下山することができた。

　助けてくれた二人にもたっぷり絞られたが、車で駆けつけた芳本はさらに激しく怒った。最後には二人がなだめ役に回ってくれたほどだ。そのあとは芳本の車で花巻市内の病院に直行し、深澤と三井寺は治療を受けた。

「そのうち、芳本先生と一緒に菓子折り持って、あの人たちにお礼を言いに行かなきゃなんね」

「そっか。そうだよね」

「芳本先生、自分は処分を受けてもいいから、地学部の活動は今後も続けさせてやってほしいって、校長に頼み続けてくれてるらしい」

「深澤君がやろうとしてたことを考えると――わたしも責任感じる」

　七夏らしいと思いながら、壮多は別のことを訊《たず》ねた。

「おばさんは、どうしてる？」

「今はだいぶ落ち着いたよ。昨日の飛行機の中でも、『あなたにはもっと早く伝えるべきだったかもしれない』って言ってた」

「――そうか」

「お母さん、お父さんのことも初めは怒ってたけど、いいきっかけをくれたと思うことにするって」

「てことは、最初はお父さんから聞いたのか」深澤でないのであれば、家族か親戚《しんせき》から告げられたのだろうとは思っていた。

「うん。巡検の計画を立て始めたとき、地学部なんか辞めなさいって言われて、お母さんとけんかしてたじゃない。あまりにお母さんらしくないから、ベトナムのお父さんに電話してみたんだ。そしたらお父さん、『仕方ないところもあるよ。昔のことがあるからな』って。どういうことか問い質《ただ》したら、急に焦《あせ》り始めてね。それ以上何も教えてくれなかったから、今度はおばあちゃんのところに行った」

「北上のか」

「そう、母方の。おばあちゃんもすごく渋ったんだけど、お母さんが山で遭難しかけたことと、そのとき人が一人亡《な》くなったことだけはわかった。わたしびっくりして、図書館に何日も通って昔の新聞を検索して、やっと十四年前のその記事を見つけたの。

読んでみて、本当に頭が真っ白になった。その日どうやって家まで帰ったか、覚えてないくらい。亡くなったのはお母さんの仲間だろうって勝手に思ってたから。まさか、お母さんたちを助けに来て死んだなんて……」

「その記事で、深澤って名前を見たわけか」

「お母さんたちの名前は伏せてあったけど、亡くなった人の名前は出てた。深澤優斗さん。東京の人で、うちの親と同年代。それを見たら――」

「もしかして、と思うよな」優斗と北斗。しかも深澤は、東京でも父親と暮らしていなかった。

「ちょうどそのとき、わたしが貸してた本を深澤君が返してくれた。宮沢賢治全集の一冊。深澤君、『俺、「銀河鉄道の夜」は死ぬほど嫌いだけど、ここに載ってる異稿なら好きだよ』って言ったんだよ。わたし、異稿なんて読んだことなかったから、『どんな話？』って訊いたんだ。そしたら深澤君、『カムパネルラが死なない世界の話だよ』って。わたし、一人になった美術室でそれを読んで、茫然《ぼうぜん》とした。やっぱりそうなんだって確信した」

深澤は、七夏に父親のことは何も言っていないと言った。そんなことをしに花巻へ来たのではないと。それでもやはり、何かを吐き出さずにはいられなかったのだろう。事実そのものではなく、胸につかえて消えることのない苦しさのようなものを。そしてそれは、確かに七夏に伝わったのだ。

「そのときの深澤君——」七夏が続ける。「声も目も、すごく冷たかった。怒ってるわけじゃなくて、生気がないっていうか。深澤君にとって、『カムパネルラが死なない世界』というのは、お父さんがいる世界のことでしょ。だから、思ったの。もしかしたら深澤君、そこへ行きたいと思ってるんじゃないかって。そしたら急に、怖くなった。深澤君が、巡検の最後に、お父さんが亡くなった場所へ行こうとしていることが」

「だから俺にあんなこと言ったのか。最後まで深沢と一緒にいろって」

「うん。でも、ごめんね——」七夏は目を伏せた。「わたし、卑怯《ひきょう》だった。壮多にそう言っておきながら、自分は逃げ出した。お母さんには何も言えないし、深澤君の顔を見てるのも辛《つら》い。東京に行ったもともとの理由は、とにかく花巻から離れたかったから」

東京で会社勤めをしている従姉妹《いとこ》のもとに身を寄せていたということは、電話で聞いていた。一人暮らしのワンルームマンションに居候《いそうろう》していたらしい。

「でも一週間もすると、やっぱりこのままじゃいけないって思うようになった。ちゃんとこのことに向き合おうと思った。そのためにはまず、十四年前のことを全部知らなきゃならない。東京にいるんだから、深澤君のお母さんに会おうと思った。住所とかわかんないし、とにかく深澤君の以前のバイト先に行ってみた」

「カフェとかハンバーガー屋とか言ってたな」

「ハンバーガー屋さんのほう。『トーラス・ハウス』って名前だけ、覚えてたから。店長さんには、個人情報は漏らせないって言われたけど、お店にときどき深澤君の以前の同級生たちが来るということを教えてもらったの。何日か通ってたら、そのうちの一人に会うことができてね。部屋番号まではわかんないけどって、マンションの場所を教えてくれた。今度は毎朝そこに通って、エントランスから出てくる人を見てたら、いたんだよ」

「なんでわかった？」

「不思議だよね。でもすぐわかった。目がね、深澤君とおんなじだったの。深澤さんですかって訊いたら、驚いてた。わたし佐倉千春の娘です、と言ったら、もっと驚いてた。お母さん、仕事に行くところだったから、日を改めて近所のカフェで会ってくれたんだけど——」

「やっぱり、歓迎されてない感じだったか」

「ううん、ていうか——」七夏が小さくかぶりを振る。「まず訊かれたの。『お母さまからすべてを聞いて、ここへ来たの？』って。違うと答えたら、言われた。『だったら、わたしからは何もお話しできません。あなたには直接関係のないことだから』って。

言われて初めて気がついた。犠牲になった側の人に、何があったか詳しく教えてくださいなんて、筋違いだなって。でも、一つだけどうしても知りたくて、最後に訊いてみたんだ。『深澤北斗君は、わたしがいるから花農に来たんでしょうか』って。そしたらね、深澤君のお母さん、『あなたも花巻農芸高校なの？』って、すごく驚いて」

「やっぱり、知らなかったのか」

「うん。『じゃあ、壮多君とも知り合い？』って訊かれたから、今度はわたしが驚いた。幼馴染《おさななじ》みです、と答えたら——」

「俺の親父の話になったわけか」

「そう。深澤君、『壮多君がいる高校に行きたい』って、お母さんには言ったんだって」

深澤の父親と壮多の父親は、親友同士だった。一昨日の父親からの電話で、詳しく聞いた。ともに福島の会津若松出身で、小学校から高校まで一緒。高校ではともに山岳部に所属していた。ただし、深澤の父親は天文部とのかけもちで、当時から山には星の写真を撮るために登っているようなところがあったらしい。

深澤の父親は読書好きで、成績もいい。かたや壮多の父親は山のことしか頭になく、教科書もろくに開かない。対照的な二人なのに、とにかく馬が合ったようだ。高校卒業後は進路が分かれたが、交友は変わらず続き、たびたび一緒に登山もしていた。

「絶望とは愚か者の結論」というのは、深澤の父親が事あるごとに口にしていた言葉だった。壮多の父親が初めてそれを言われたのは、成績が悪くて留年しかけた高校二年の冬。二度目は、二人で登った山で雪崩《なだれ》に遭い、危うく死にかけた二十歳の春だそうだ。

十四年前、深澤の父親に八幡平までの裏岩手縦走を勧めたのも、実は壮多の父親だった。「紅葉が素晴らしいから、写真でも撮りに行け」と言ったらしい。登り始める前日に深澤の父親が岩手入りしたときは、一緒に盛岡の街で酒を飲んだという。おそらく深澤の父親のノートにも、そのことは書かれていただろう。

「親父と電話で話したとき――」壮多は言った。「北斗君は元気か、と言ってた。深澤家に線香を上げに行ったり、墓参りに行ったりするたびに、あいつと顔を合わせてたらしい」

「深澤君のお母さんからも、壮多のことといろいろ訊かれたよ。『お父さんとはもう何年も会ってなくて、連絡先も知らないみたいです』と言ったら、お母さん、バッグから手帳を出してね。『あなたが知っておいてあげたら？』って、北海道の住所と電話番号を教えてくれた。

　これはもしかしたら、半分わたしのためかもしれないと思った。どうしても十四年前のことを知りたいなら、壮多のお父さんに訊きなさい、という意味かもって」

「それで、わざわざ富良野まで行ったわけか」そう言って、ふと思い出した。「そういや、お前のお母さんも東京へ来てたんだろ？」

「うん。毎日のように従姉妹の部屋に来て、『いい加減にしなさい。一緒に花巻に帰りなさい』って。でも、無視してた。わたしが毎日何をしてるかも言わなかった。うすうす感づいてたとは思うけどね。

　お母さんに全部話したのは、深澤君のお母さんと会ったあと。そしたらお母さんも、泣きながら十四年前のことを話してくれた。ずっと辛かったって。自分のせいで一つの命が失われたというのはもちろんだけど、親戚に口止めしてそれをわたしに隠してきたことも、すぐに近所で噂《うわさ》になって、逃げるように花巻に引っ越してきたことも。

　でもわたし、北海道にはどうしても行きたいとお母さんに言ったの。壮多のお父さんに会って、深澤君のお父さんのことをいろいろ聞いてみたいって。お母さんには札幌で待っててもらって、富良野へは一人で行った。壮多のお父さん、急に山のガイドの仕事が入ったりして、なかなか会えなかったんだけどね」

「昔から、約束なんか守らない男だったからな」

瀬川の向こう岸の土手に、子どもたちがやってきた。男の子が二人に、女の子が一人。小学校低学年ぐらいだろうか。

「深澤君、遅いね」七夏がどこか硬い声で言った。

深澤も病院で診察を受けたあと、ここへ来ることになっていた。

「もしかしてお前、緊張してんのか」

「どうだろ。そうなのかな」

子どもたちは口々にわめきながら土手の階段を駆け下りてきて、三人並んで川の中をのぞき込んだ。かと思うと、浅瀬に敷かれた飛び石を軽やかにこちら側に渡ってきて、そのまま階段を駆け上がり、駐車場のほうへと走り去る。

その三人とすれ違うようにして、散策路に深澤が現れた。首を回して壮多たちを見つけると、階段のところまでやってくる。

「お帰り」深澤はまず七夏に声をかけた。朝見送った家族を夕方迎えたような、自然な口ぶりだった。

「——ただいま」七夏がぎこちなく微笑《ほほえ》む。「久しぶりだね」

七夏を真ん中にはさんで、深澤も同じ段に腰を下ろす。

「病院、どうだった？」七夏が訊いた。

「見てよこれ」深澤はシャツのボタンを上から二つはずし、肩のあたりをはだけて見せた。白いバンドのようなものがのぞく。「しばらくこの暑苦しいのを着けてろって」

「俺がつけてたギプスよりマシだろ」壮多は言った。

「いや、季節が違うから。今真夏だし」深澤は口の端をゆがめて言うと、七夏に向かって訊く。「北海道は涼しかった？」

「——涼しかったよ」七夏がまつげを震わせる。「でね、深澤君——」

七夏が言いかけると、「いいなあ」と深澤がさえぎった。

「マジでうらやましいよ。富良野、俺も行ってみたい。そうだ！」深澤は目を輝かせて七夏と壮多の顔を見比べる。「来年の夏の巡検、東北すっとばして北海道にしねえ？　今度は佐倉さんも行くでしょ？　行こうよ」

「そうだね」七夏が表情を和らげる。

深澤と七夏は束《つか》の間《ま》視線を交わした。横で見ていた壮多が感じたのと同じことを、七夏も悟ったに違いない。二人の間にはもう、尽くさなければならない言葉などないのだ。

「北海道ならさ」深澤が続ける。「太陽嫌いの川端さんも来るかもしんないし。江口は総文が終わり次第合流すりゃいい。三井寺先輩は——かわいそうだから、仕事休めるならどうぞって言ってやろう」

「ただし旅費は、社会人料金だな」壮多は言った。

「そういえばね」七夏が笑みを浮かべる。「壮多のお父さんからも、伝言頼まれたよ。来年の夏は、地学部のみんなで富良野に来いって。『富良野もイーハトーブってことでいいんだろ?』って」

「テキトーなこと言ってんじゃねーよ、あのクソ親父」壮多が吐き捨てる。

「いいじゃん。イーハトーブでいいよ」深澤が言う。「それは俺たち、花農地学部が決めることだ」

「偉そうなこと言う前に、お前もさっさと校長室に行って謝ってこいよ。活動停止にされんぞ」

「わかってるって。明日行くからついてきて」

「やだよ。なんで俺だけ二回も怒られなきゃなんないんだ」

来年の巡検について、夢みたいなことばかり言い合っているうちに、喉《のど》が渇いたと深澤が言い出した。ジャンケンで負けた者が近くの自動販売機まで飲み物を買いに行くことになり、七夏が負けた。

口をとがらせた七夏が遊歩道のほうに消えるのを待って、壮多は言った。

「俺の一番古い記憶の話、覚えてるか」

「ぼんやりした記憶のことか。真っ暗な穴の中を進んでいく」

「あれが何だったか、わかったぞ」

「胎内記憶か」

「三歳の俺が、東京の地下鉄銀座線で葬儀会場に行く途中の場面だった。親父と二人きりで」

「――父の葬式か」

壮多はうなずいた。

「親父に聞いたんだ。仙台に遊びに連れていくと母親に嘘を言って、俺を連れ出したらしい。だから東京まで日帰りだった」

「なんで嘘つく必要があるんだよ」

「親族でもない三歳の子どもを葬式に連れていくなんて、反対されるに決まってるからだろ。でも親父は、どうしても俺を連れていきたかったらしい」

人の親でもない壮多には、その気持ちはよくわからない。ただ、深澤優斗という人物が父にとってそれだけ特別な友人だったのだろうということは、想像がついた。

「そしたら不思議なことに、ついでに思い出したんだ。そのあとのことも」

壮多は正面の土手を見つめたまま、続けた。

「俺、一人で殺風景な部屋に入れられてた。たぶん葬儀会場の控え室か何かだな。とにかく退屈で、長机の上でミニカーを走らせてたら、ドアが開いて知らない男の子が入ってきた。俺のミニカーをじっと見てるから、一台その子の前に置いてやったら、そいつ首を横に振りやがった」

「人の気も知らねーでって感じだったんだろうな。その子」

「いや知らねーし。とにかくお前が言ってたみたいに、三歳ぐらいまでの記憶は、忘れるんじゃなくて、うまく取り出せなくなるだけなんだな」

　壮多はそこで深澤のほうを見た。

「だから――」

　だから、お前もいつか思い出せるかもしれない。

　親父さんの声を。お前に笑いかける顔を。そして、その手のぬくもりを――。

「久しぶりだな、深澤」

　深澤の反応はあえて見ず、壮多は立ち上がった。

　北上川の流れの先に目を向ける。

　七夏は、青の果てがどんな色か、わかったと言った。描けるかどうかわからないと言っていたその青を、七夏はこれからキャンバスにのせる。

　何度か色を重ねれば、ひとまず一枚の絵にはなるかもしれない。だがたぶん、それで終わりではない。その果てにある失われた命を思いながら、何年かけてでも同じことを繰り返し、納得ゆくその青を、自分なりの答えを見つけてゆくつもりなのだろう。

俺は、どうだ――。

壮多は自分に問いかけながら、左手を目いっぱい開き、またゆっくり握りしめる。

今朝は、六時に体育館脇《わき》の練習場所へ行った。部活が始まる二時間も前だ。グラウンドにも人の姿はまだなかった。

骨折してから初めて、太鼓を腰にくくりつけ、ばちを握った。一人静かに気合を入れ、まず一番庭を踊り始めた。

ダダァスコ　ダンダン――。

小学生のとき、最初に覚えた演目だ。振りを間違えるようなことはなかった。というより、ブランクなどなかったかのように、体が勝手に動いた。

ダンダン　ダダスコ　ダンダン――。

無心に踊っているうちに、これまで味わったことのない不思議な感覚に襲われた。全身に何かが満ちてくるような感覚だ。自分の魂が戻ってきたのだと思った。そして、二番庭、案山子《かかし》踊と続けて踊り終えたときには、もう理解していた。

自分には鹿踊りしかないのではない。鹿踊りがあれば、大丈夫なのだ。どこで何をしていようと。ときに高く跳ね、また大地を踏みしめて、自分の人生を舞えるのだ。居場所を失うと怯《おび》えることも、誰かに甘えて寄りかかることもなく。

だから今は、ただひたすら自分の踊りを磨けばいい。その先にどんな答えがあるかは、行ってみればわかる。

遊歩道の先に、ペットボトルを三本抱えた七夏の姿が小さく見える。

壮多は北上川に視線を戻した。

水はその内側に深い青を抱えているが、そこに静寂はない。青は絶えず揺れ、日の光を乱反射し、ほんのひと時もとどまらない。

三人もまた、流れていくのだろう。この川の水のように、ときに分かれ、また合流しながら、見たことのない景色をいくつも見て、繰り返す季節をいくつも経る。そしていつか、今は想像もできないような場所にたどりつくのだ。

たった三年後ですら、三人がどこでどんな夏を過ごしているか、わからない。

ただ一つわかっているのは、夏はこれから何度もやって来るということだ。

青はまだ、果てない。

あとがき

宮沢賢治が教鞭《きょうべん》をとった花巻農学校を前身とする学校は、実際には「岩手県立花巻農業高等学校」であり、本作の舞台「花巻農芸高校」はそれをモデルとした架空の学校です。この物語および登場人物は、花巻農業高等学校と一切関係ありません。

「イーハトーブ」の地理的範囲（P99－103）と名前の由来（P216）、ならびに『銀河鉄道の夜』における三角標と恒星との関係（P159）についての記述は、米地文夫氏（岩手県立大学名誉教授）による一連の論考に基づいています。『銀河鉄道の夜』における「ケンタウル祭」の時期の問題（P70－71）については、寺門和夫氏（科学ジャーナリスト）の著作を参考にさせていただきました。「天気輪の柱の丘」が南昌山《なんしょうざん》であるという説（P87－88）は松本隆氏に、種山高原の物見山であるという説（P88－89）は寺門和夫氏によるものです。また、賢治の多元的世界観についての説明（P256）は、鈴木健司氏（文教大学教授）の著作中の考察に、筆者なりの解釈を一部加えたものです（以上、左記の参考文献参照）。

筆者の現地取材に際し、花巻農業高等学校の先生方、生徒の皆さんに多大なご協力をいただきました。去石《さるいし》真佐子さんには岩手の方言等について貴重なご助言をいただきました。この場を借りて厚く御礼申し上げます。どうもありがとうございました。

伊与原 新

参考文献

『宮沢賢治全集』（全一〇巻）ちくま文庫（一九八五）

『新装版 図説 宮沢賢治』上田哲、関山房兵、大矢邦宣、池野正樹著 河出書房新社（二〇〇九）

『図説 宮澤賢治』天沢退二郎、栗原敦、杉浦静編 ちくま学芸文庫（二〇一一）

『宮澤賢治フィールドノート 賢治さんと歩いています。』林由紀夫著 集英社（一九九六）

『宮沢賢治文学における地学的想像力〈心象〉と〈現実〉の谷をわたる』鈴木健司著 蒼丘書林（二〇一一）

『討議「銀河鉄道の夜」とは何か 新装版』入沢康夫、天沢退二郎著 青土社（一九九〇）

『「銀河鉄道の夜」フィールド・ノート』寺門和夫著 青土社（二〇一三）

『賢治が愛した南昌山と親友藤原健次郎 新考察「銀河鉄道の夜」誕生の舞台 物語の舞台が矢巾・南昌山である二十考察』松本隆著 みちのく文庫（二〇一四）

『定本 宮澤賢治語彙辞典』原子朗著 筑摩書房（二〇一三）

『宮澤賢治地学用語辞典』加藤碵一著 愛智出版（二〇一一）

『天体観測手帳２０１９』早水勉著　技術評論社（二〇一八）

「花巻市小舟渡の下部更新統のフィッション・トラック年代」大石雅之、吉田裕生、吉田充　岩手県立博物館研究報告　三一号（二〇一四）

「宮沢賢治『銀河鉄道の夜』の中の異質の挿入部分『プリオシン海岸挿話』について」米地文夫　総合政策　一二巻二号（二〇一一）

「宮沢賢治の創作地名『イーハトヴ』の由来と変化に関する地理学的考察」米地文夫　岩手大学教育学部研究年報　五五巻二号（一九九六）

「宮沢賢治『グスコーブドリの伝記』のサンムトリ火山―モデル・サントリン火山説への疑問と磐梯火山説の提唱―」米地文夫　宮沢賢治研究Ａｎｎｕａｌ　三号（一九九三）

「『銀河鉄道の夜』の用語『三角標』の謎―宮沢賢治の地図や測量への関心をめぐって―」米地文夫　総合政策　一三巻二号（二〇一二）

「１９９８年岩手山噴火危機対応の記録」斎藤徳美監修　土井宣夫、菊地真司、吉田桂治編　国土交通省東北地方整備局岩手河川国道事務所・岩手県（二〇〇五）

「早池峰山地域の地質」川村寿郎、内野隆之、川村信人、吉田孝紀、中川充、永田秀尚　地域地質研究報告　５万分の１地質図幅　秋田（６）二四号（二〇一三）

「岩手県早池峰―宮守オフィオライトかんらん岩の構造岩石学的特徴」長谷川汰河、道

林克禎、小澤一仁 静岡大学地球科学研究報告 四四号（二〇一七）

賢治・星めぐりの街 http://www.harnamukiya.com

種山高原 星座の森 https://www.esashi-iwate.gr.jp/seiza

星空を観よう！ 撮影しよう！ カメラのキタムラ星空総合ページ http://shop.kitamura.jp/special/sale-fair/camera/hosizora

三陸ジオパーク http://sanriku-geo.com

たのはたジオワールド https://www.vill.tanohata.iwate.jp/geoworld

盛岡市 区界高原少年自然の家 http://www.city.morioka.iwate.jp/kurashi/kokyoshisetsu/taiken/kuzakai

岩手山焼走り国際交流村 http://www.hachimantai-ss.co.jp/~yakehashiri

ヤマケイオンライン https://www.yamakei-online.com

産業技術総合研究所地質調査総合センター 日本の火山データベース 岩手山 https://gbank.gsj.jp/volcano/Act_Vol/iwate

本書は新潮文庫のために書下ろされた。

編集部では皆様の感想をお待ちしております。お名前、年齢、ご住所、ご連絡先をお書き添えの上、メールか郵送でお寄せください。

送り先：〒162―8711　東京都新宿区矢来町七一
新潮社新潮文庫編集部
『青ノ果テ』担当宛
URL:https://www.shinchosha.co.jp/book/180182/#b_kansou

デザイン　鈴木久美

青《あお》ノ果《は》テ

—花巻農芸高校地学部の夏—

新潮文庫　い－123－2

令和二年二月一日発行

著者　伊《い》与《よ》原《はら》新《しん》

発行者　佐藤隆信

発行所　株式会社 新潮社

郵便番号　一六二―八七一一
東京都新宿区矢来町七一
電話 編集部(〇三)三二六六―五四四〇
読者係(〇三)三二六六―五一一一
https://www.shinchosha.co.jp

価格はカバーに表示してあります。

乱丁・落丁本は、ご面倒ですが小社読者係宛ご送付ください。送料小社負担にてお取替えいたします。

印刷・錦明印刷株式会社　製本・錦明印刷株式会社

ISBN978-4-10-180182-7 C0193